主编 凌翔　　　　　　当代作家精品系列/诗歌卷

和谷诗集

和谷 著
王薪 图

中国民族文化出版社
北京

版权所有　侵权必究

图书在版编目（CIP）数据

和谷诗集 / 和谷著. — 北京：中国民族文化出版社有限公司，2020.5
ISBN 978-7-5122-1337-1

Ⅰ.①和… Ⅱ.①和… Ⅲ.①诗集—中国—当代 Ⅳ.①I227

中国版本图书馆CIP数据核字（2020）第040491号

书　　名：	和谷诗集
作　　者：	和　谷
责　　编：	江　泉
出　　版：	中国民族文化出版社
地　　址：	北京东城区和平里北街14号（100013）
发　　行：	010-64211754　84250639
印　　刷：	唐山楠萍印务有限公司
开　　本：	710mm×1000mm　1/16
印　　张：	13
字　　数：	120千字
版　　次：	2020年5月第1版第1次印刷
书　　号：	ISBN 978-7-5122-1337-1
定　　价：	49.80元

自序

我一直以为，诗是文学中的文学，《诗经》乃文学写作的母本。

习诗自二十世纪七十年代始，穿越审美的沙漠，伫望于灵性的海蓝中，复归故园千年不竭的鸟啼，终是未能拥抱理想王国的诗神，只是宽慰了自己平生的情感而已。

所谓诗论，千秋一寸心，自说自话罢了。

目 录

第一辑　1972—1981

　　早出　002
　　访英雄　003
　　扎根树赞　006
　　红山茶　008
　　竹　010
　　磨盘的传说　011
　　塞上速写　013
　玫瑰花（长诗节选）　015
柳暗花明（长诗节选）　017

第二辑　1982—1991

　《和谷诗选》序　020
　　晒场之夜　021
　　牧归　022
　　高原脚夫　023
　　黄河咏叹调　027
　　延河　030
　　金矿　034

煤都　038

无定河　044

元宵节　046

相思　049

我的信　051

十个孩子与一本连环画　054

下雪天　056

故乡　058

小溪与鱼　062

黄土路　064

夜归　066

自行车　068

离合　070

大地的潜流　073

红豆　076

羽毛　077

石灰石矿山　079

杨柳　082

默契　084

金子　087

致黄河　089

给你　092

月梦　098

呈君　　　　101
　　西丽湖意绪　105
　　寄远　　　　110

第三辑　1992—1999
　　旅岛意绪　　114
　　远行人　　　118
　　陈旧的故事　119
　　我拥有海　　120
　　我听见红帆在歌唱　122

第四辑　2000—2019
　　世纪末诗钞　　128
　　锄头与鼠标　　132
　　归园札记　　　134
　　有朋自远方来　141
　　都说彬县好地方　143
　　归去来　　　　144
　　黑头发，白头发　148
　　手机诗　　　　150
　　生日寄远　　　152
　　永遇乐·归园　156
　　老母亲的板数　158

铜川民歌五首　162
一只白鹿在原野上游弋　170
树欲静　184
沁园春·黄堡书院　189

第五辑　诗论

陕西诗歌答问　192
和谷和他的诗　贾平凹　193
我扛着锄头走在故园的土路上（节选）　马平川　197
石羊进门——写给和谷君　刘成章　199

第一辑 1972—1981

早出

东方发白天拂晓，
社员秋播起身早。
饲养室前俩小伙，
虎子、志农把话唠：
"我套二尖牛，
你使大红骡？"
"对！
你犁七亩埝，
我耕酸枣坡！"
虎子扬言要犁完早，
志农不服气：
"哼！
甭吹牛，走着瞧！"
听得一串银鞭响，
晨雾中飞去犁两套。

《西北大学》1972年12月18日

访英雄

一条条梁来一道道沟,
晚霞送我访英雄。

十里水渠十里柳,
八月的枣子火样红。

满山山糜子满山谷,
红旗飞舞忙秋收。

为什么秃山变粮仓,
是谁把泉水盘山岗?

为什么山沟画一样美,
满洼洼羊群满坡坡牛?

像一对凤凰从天上来,
山路上谷担子闪悠悠。

好熟的歌呵好亮的喉，
风儿送来信天游。

我迎上前去细打听，
英雄他就在头里走。

白羊肚手巾红扑扑的脸，
裤腿挽到膝上头。

旧军衣换成土粗布，
老红军本色没有丢。

后头跟来北京娃，
铁姑娘呵钢后生。

挑一架架山来担一座座岭，
万里江山挑肩头。

呵，怪不得山乡这样美，
英雄领的好人手。

我紧紧拉住老英雄，
话难讲呵情难诉。

接过重担队列里走，

大步攀上高山顶。

山泉水呵哗哗流，
信天游呵歌声不断头。

千万朵红霞染彩图，
革命传统万千秋。

《山花》1974年2月10日

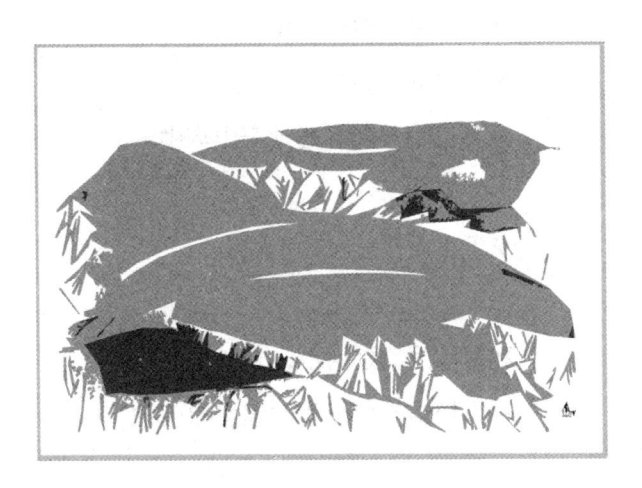

扎根树赞

在知识青年住的窑洞前,
有一排排郁郁葱葱的青松,
风雨中它增长着新的年轮,
它的根深扎在广阔天地的沃土中。

松苗曾掩映火红的袖章,
从长安街大道庄严出征,
和年轻的红卫兵战士一起,
来到这中外闻名的延安山沟中。

从毛主席耕耘过的土地上,
捧来金色的黄土,
和着清清的延河水,
种下松苗也种下我们理想的火种。

盛夏,青松遮成一片深荫,
青年在树下描绘山乡远景,

冬夜，青年们在窗前攻读马列，
松涛伴着琅琅的书声。

新社员在窑洞里安家落户，
小松树迎接了八个春夏秋冬，
年轻人啊和松树一起成长，
立志做共产主义大厦的栋梁松！

    《光明日报》1976年8月2日

红山茶

邮路上有一股山泉,
泉边山茶花儿红一片。
年轻的乡邮员在这儿歇下脚,
就着浪花,开始丰美的野餐。

花儿哟,为什么这样红?
请问清清的山泉。
泉水翻滚着朵朵浪花,
把那动人的故事向人们叙谈。

那是战火纷飞的年月,
山路上奔波着党的交通员,
他常在这里小憩啊,
砸开冰层饮清泉。

下山,找地下县委通信联络,
上山,给游击队送去油盐米面。

脚印撒在丛林里，
林荫小道光闪闪。

有一次，敌人尾随上了山，
他在泉边点起篝火把讯传。
敌人的子弹穿过他的胸膛，
鲜血染红了整个山泉。

后来，泉边开出簇簇山茶，
迎着朝阳映红山川。
当人们看到那鲜红的花朵，
便想起那忠贞的战士党的交通员。

啊，红艳艳的山茶呀，
点燃年轻人理想的火焰，
踩着前辈的脚印走呀，
邮包装着那鲜花盛开的春天。

《陕西文艺》1977 年 5 期

竹

雨夜，在深山中的茅草路上奔走，
穿进竹林，我摇着一根瑟瑟于细雨中的翠竹，
请告诉我，红军当年过巴山的故事吧，
你，竹子！怎样变成战士的短笛和匕首！

河谷里，巧遇林场一群年轻的朋友，
崖下篝火旁，把谁静静地等候？
河床上堆好竹子，待洪峰的使者搬运，
献给祖国的大厦，这又一批栋梁柱。

呵，洪峰来了！洪峰来了！
采伐者在暴雨中狂欢，把竹子送上了征途，
此刻，谁？是谁吹起了迷人的竹笛？
遥想当年，我心海荡漾着壮行的醇酒。

陕西人民出版社《陕西三十年新诗选》1979年版

磨盘的传说

月光透过幽静的密林，
照着山中猎户家的小院。
主人倚着一块磨盘，
和我这远方的来客聊天。

巴山里住过北上的红军。
走了，却把不熄的火种播撒。
从此便有这迷人的传说，
绕着这不朽的磨盘。

一天，山里来了个拉竹竿的乞丐。
他是位红军侦察员巧扮，
打入山匪的老巢，
终日里推磨，舂米，箩面。

他推呀，推得月亮缺了又圆，
他推呀，推得春去了秋又还。

情报乘着松明在磨盘上写就,
一桩桩送往红色交通站。

当游击队消灭了这帮顽匪,
他和战友重逢在磨房间。
他披着密林中的阳光走了,
磨盘,却成了永久的纪念。

如今山中通了公路,
磨面也用上了电。
人们将永远不会忘记红军,
和这立过功勋的磨盘。

我轻轻地,轻轻地推动磨盘,
像和前辈侃侃而谈。
怎样把自己的力量汇入革命洪流,
推动着历史的车轮飞转,飞转。

《陕西日报》1978 年 7 月 31 日
陕西人民出版社《陕西三十年新诗选》1979 年版

塞上速写

残月，在天空中高悬，
黄风，在沙海里漫卷，
沙浪将要扑灭残月，
这朦朦胧胧的灯盏。

一伙年轻的后生女子，
踩碎了黎明前的黑暗，
把倔强的脚印呦，
嵌上沙的坡谷浪山。

任你风沙作怪，
绊着腿脚，拽着帽瓣，
治沙突击队挺进着，
歌儿"向前，向前，向前"。

风，实在没有办法，
把这虎生生的队伍阻拦，

可笑！只能在行进者远去之后，
偷偷把脚印抹得不见。

抹去了也没关系，
新的脚印又在前面展现，
她们去找沙的老巢算账，
她们去寻风口浪尖决战。

要在那里筑起绿色长城，
把风沙驱逐出公社的门坎。
方才踏上脚印的地方，
正是未来的麦海谷山。

风沙，终于扑灭了一弯残月，
却把治沙队的战旗越抖越艳。
脚印哟，生命的彩带，
在编织塞上如锦似画的春天。

《延河》1978 年 9 期

玫瑰花（长诗节选）

序诗

朋友，不管你我是否相识，
都请你把这份礼物收下。
允许我以革命的名义，
献给你这一束玫瑰花……

这束花儿，不采自山中，
山中的野花比不上它。
这束花儿，不采自花苑，
花苑里难寻这么美的花。

它也不是平素的盆中小景，
供闲人消遣，吟诗弄画。
或以神姿仙态和奇香异芳，
惹得彩蝶蜜蜂嬉戏不暇。

大自然的时节寒来暑往，
生活之树哟，开花又落花。
这束玫瑰，在丙辰清明的雨季，
与人民心中的花儿一起萌发。

在那节气剧变的日子里，
它遭受了寒欺霜压。
于是，风雨把真理的乳汁，
和着满腔的热血赋予了它。

伴随着严酷的斗争生活，
它饱经了风风雨雨的吹打。
当朝霞又抹上窗棂的时候，
它终于绽苞展瓣，香漫天涯。

朋友，收下这束玫瑰，
收下吧，请你收下。
花瓣上闪烁的是青春的光彩，
花蕊里怒放的是爱情的火花……

《歌与花》陕西人民出版社 1980 年 12 月版

柳暗花明（长诗节选）

序

人都说世间亲不过情人，
纵然在风暴中天涯别离。
自会有相思的翅膀，
把深深的爱悄悄传递。

朋友，请冷静一些吧，
这是严峻的生活课题。
君莫闻古来的传说中，
有珍重者，有人却将它抛弃。

而真正称得上的爱情，
是患难与共，生死相依。
倘若在世相别不得一见，
九泉下也会团圆欢聚。

也会有，那深深的爱，
把悲伤和欢乐揉在了一起。
事物也许从来如此吧，
既有矛盾，又是对立的统一。

生活的路总归是柳暗花明，
写满了辩证法的哲理。
爱的花儿绝然零落在冬天，
爱的种子却萌发在春泥里。

朋友，你想听听吗，
这样一桩有关爱情的记忆？
咱们不妨从头说起，
打那一九五七年的冬季……

《延安文学》1980年第3期

第二辑 1982—1991

《和谷诗选》序

从眼前的河流弄舟而下,
是一种灵魂旅路的探寻。
他便如此操办,
顺势束起自己曾经迷恋
且仍旧不肯罢手的诗。
他的为诗为文,
多半系对客观事物的内心独白。
坦荡,
沉郁,
淡泊,
渗透几乎要凝固了的生命之血乳。

晒场之夜

夏夜的风儿，
轻轻吹过晒场，
荡起了新麦的清香。

脱粒机旁的灯火，
眨着多情的目光，
看珍珠在流淌。

流着咸涩的汗珠，
流着朗朗的笑语，
流着丰收的酒浆。

山村的晒场啊，
是庄稼人的手掌，
正把一个沉甸甸的夏天掂量。

《诗刊》1981 年 11 期

牧归

朝霞里，
一片白云在浮动，
那是归来的羊儿。

小羔迎出来了，
咩咩地唤着，
等待甜美的乳浆。

挑着柴草的放羊娃，
把鞭梢儿甩得山响，
却不忍抽在羊的身上。

羊圈里，
揽进不落的白云，
那是不落空的希望。

《解放军文艺》1981年6月

高原脚夫

我
一个赶牲灵的脚夫

我的歌流泻于生活的旅途
和着铃铛和清风的音浪
撞击着高原
这架古老的竖琴

无定河边柳色青青
可是那春闺梦里人儿的相思
纤手一样拂去赶脚人的征尘与倦怠

古长城的遗迹
似默默伏卧着的骆驼欲将起行
在我的心底
耸起一座生命之山

而我正赶着高大的骆驼
这中国古老版图的象征
稳实地行进在"丝绸之路"上
还有我的精瘦的毛驴
还有我的慓悍的骡子
重载着晶莹的盐粒这沙海的英灵
重载着褐色的石板这高原的骨骼
重载着黧黑的炭块这大地的精血

踏遍寂寥而雄沉的高原
拥抱每一个美丽的晨昏

那曾是
怎样困厄的旅途之夜啊

囫囵风沙雄狮般长啸
使牲灵儿的前蹄打着趔趄
流星坠落在了干涸的沙窝里

是远处驿店那高悬于柳梢的马灯啊
眸子一样迎迓黑暗里奔来的脚夫
店家少女的奶茶和情歌
温热了我旅途寒郁而惊悸的梦

尔后

当被裹入风沙而陷入人乏马困的泥泞
我总是满有信念地朝灯火走去

纵然掩埋在了沙海
也会变成一蓬沙蒿或一簇野花
俯身眺望一轮太阳
从高原上滚来

于是我
有了高原故土赋予的拙朴性情
有了大漠的缄默与边塞烽火台的威武
有了黄土的敦厚缠绵与流泉的娇美
有了盐粒般洁丽的心与石板的筋骨
有了炭所蕴藏的热情与丝绸的柔韧

我的皮肤因此与父辈一样呈显紫铜色
高高滚起血脉的涌浪
瞳孔也燃烧着焦盼的炽烈
高原母亲的乳汁所给予的属性啊

沐浴着二十世纪末的艳阳
我羡慕黛色公路上的汽车
但我却丝毫不自卑于
我赶的牲灵儿

我是赶着高原的精英与生命
赶着蜿蜒的古长城和解冻了的河流
赶着醒了的林带和开满紫色荞麦花的山原
赶着日月星辰和旋转的地球

我用一支自豪的响鞭
甩走凄苦而艰窘的往日
旋律里低回着今天的强音

头顶掠过的雁阵啊
单调却异常雄壮
那是我的我们
一代脚夫们奔走的列队

《延河》1982 年 11 期
《中国当代青年诗选》1986 年版

黄河咏叹调

在潼关，你
折向东流的黄河呵
抬起巨大而温热的臂弯
吻抱了古老而年轻的渭水
你黄土色的巨额上
跳动着早晨鲜美的太阳

你曾徘徊于草地泥沼
划一个 S 的曲线而北去
投足于粗犷的鄂尔多斯草原
在北中国的版图上
挂一张将军的长弓

你曾有过含而不露的性格
因受阻于诸多的山脉
而显示暴戾的野性
挽巨澜于奔雷的壶口

挂云帆于历史的断层

此刻
你是这般匆匆会聚又匆匆离别
弯弓蓄足了力
射一支紫铜色的神箭
毕竟,东流而去了

你在深情回首黄土高原吗
黄河

它金子一样的土地
几乎赤裸裸地露着胸脯
虽是大自然巨匠的奇特雕塑
却曾怅望着暴风雨掠走它身上的泥土
而期待春天以爱情去缝合裂痕

你已带走它失落的生命
将积淤在河口而填海造陆
一个伟大的精卫呵
蕴涵无限生机的三角洲
会繁衍美丽的花草
再现你黄河乳名:孔雀河
再现你那美丽的起飞
鸳鸯、天鹅与斑头雁一样

衔着扎陵湖和鄂陵湖的风景

亲爱的祖国母亲之河呵
我自古长安荡来的诗舟
正飞桨于你拍天的潮头
随你进入了
远旅中最后一段峡谷
在这雄浑的转折处
华山，新生代
黑云母花岗岩的帆船
似泊在你安详的渡口
却也有跃步起行的姿致

好一个放于黄河一线行
湍流的激浪
去叩问鬼门、神门、人门
去催绽荷泽牡丹的矫美
去拥抱大海日出的归宿
在潼关，你
折向东流的黄河呵
黄河.

《长安》1982 年 12 期

延河

延河

你流入我的瞳孔
我和你重相见
亲爱的延河啊

你的浪花拍着我的手心
我和你挚情相握
亲爱的延河啊

你湿润了我的喉管
我的歌声里有你的韵律
亲爱的延河啊

你默默地送我远行了
我却永远不曾与你辞别
亲爱的延河

百合花

一个夏天酣眠的夜
山洪像山一样袭来
延安在噩梦里颤抖地醒了

洪水掠走了庞大的桥梁
掠走了黄的泥土
掠走了绿的生命

延安在无声地抽泣
从夜半到又一个夜的降临
这庄严而沉郁的一天啊

人们沿着曲回的河滩
寻觅那位红军的尸首
悲伤里隐合着仇恨的咆哮

人们在清理纪念馆历史的淤泥
重新修筑雄沉的桥梁
高高地垒起堤坝

山洪的决口只属于昨天

延安的水灾留下的印痕上
犹然开放了鲜美的百合花

北斗

徘徊于延河边的灯海
我想起黎明前的夜
那中国大地黯然的天幕

缀满了灯的星山啊
最晶亮的星星
站在北方的黄土高原

那是枣园、王家坪
那是凤凰山、杨家岭
那是宝塔山、清凉山、桥儿沟

延河的素练
串起了这七颗星星
庄严而美丽的北斗

天亮了，新鲜的太阳
是七颗星星的欢聚
天黑又各自去守护哨位

日月运行,星转斗移

流星不属于北斗

七颗诚实的星星啊

永恒的七颗星斗

是一轮太阳的伟大母亲

在宇宙静静的产院里

《羊城晚报》1982 年 5 月 15 日

金矿

寄自金矿

我开采诗一般的金子
便吟出这金子的诗
　　——手记

海拔 1854 米
按说距太阳较近
可我的金矿
很少沐浴金子般的阳光

晶莹的衣冠是冰雪所馈赠
六月天还凭火炉驱寒
阳光在山巅轻悄悄地一滑
便坠入雾山云海去了
却也把无数的金黄星粒

嵌在我山中的每一块石头上

阳光呵
斑斓的珍贵的可爱的阳光
正午时分我走出了矿井
和我美丽的金砂一起与你接吻

即使在墨黑的井底
也有潜在的光为伴
我是在开采阳光呵
黄金般的信仰
正冶炼我青春的太阳

选矿

合金的矿石并非金子
才选矿
　　——手记

赤橙黄绿青蓝紫
不必矜夸炫耀自己
谁是真金
都被精密地剖析粉碎
交给水去沉淀

交给公允的分解物
再交给火的裁判

你性格的刚柔
你肉体的轻重
你体温的热冷
你灵魂的贵贱
在这选矿的流水线上
都可以得到答案
容不得半点伪装和申辩

你塑造了你自己
你淘汰了你自己
而金矿是要拿出金子的呵

答问

这里寂寞
这里春天短暂
你为什么眷恋这里

为了金子
青春和爱情的金子
人生的金子

这里是金矿啊

这里不苦吗
你没有偷偷饮泣过吗

当然很苦
苦得哭疼过心呢
不苦假若能得到金子
金子就廉价得可怜了

那你开采的金子呢
可以拿出来看看吗

我采的是含金的矿石
不在我的私囊里
而透出心口
溶入美丽的阳光

《诗刊》1982年1期

煤都

黑色

你的奉献是黑色的
黑色,永远固有的颜色
你的美犹如火中再生的凤凰
藏身于高原与平川之间

煤的故乡,黑色的都城
黑葡萄酿制的酒浆
黑色的马群掠过黎明的原野
黑色的琴健爆出交响诗的强音
这都属于你的气质、风度与魄力

萤火虫打着灯笼想去赴约
旅船在黑色的海上呼唤灯塔
黑土地上盛开五谷与各色野花

这是我在梦中对你的遐思
我的诗从各种角度把你深情打量

煤的故乡，黑色的都城
你原始森林的奇妙属于远古
而今献出的是生命的化石
你是太阳，出产慷慨大度的光明

矿灯

矿灯！
亮在我跟前

在井架下的阳光里豆粒般微弱
却如鹰翅的闪电拍击在幽深的巷道
同靴子踩响积水的声音一起渐渐近了

聚来几盏灯，碰撞着热辣辣的谈笑
似在演一幕惊心动魂的的神话剧
有追灯在窥视着主角的姿态美

一边攉煤，一边议论彼此的对象问题
曾与矿灯房的女子递过眼神
曾与绞车司机姑娘寄过情书

我记起了
那乌黑面孔上的汗滴毛虫般蠕动
年轻的矿灯在地壳深处、生活深处
是怎样地燃烧，燃烧，燃烧

矿区之夜

太阳已潜行在它的宅邸
矿区的夜是灯的白昼

月亮正偎依着高高的山峦
催眠曲摇着甜甜的奶味
以及婴孩尿布混合的气息
偶尔有含混的酒令从远处传来

煤都啊，把你奇妙的催眠曲
把你那比洗澡水还温存的催眠曲
唱给可爱的矿工

让天轮飞转，矿车咣当，煤潮轰鸣
开出矿区的火车拉响告别的汽笛
只是要揉入草木的呼吸，蛐蛐的歌
以及那一支夜夜飘忽的蹩脚的小提琴声

矿工哪，把你的头枕在煤都的胸口
聆听跳动于矿区之夜的深沉的脉膊
静静地、静静地入睡吧

寻找一双眼睛

逆着下班的人群
她在一顶顶柳盔帽沿下
寻找那一双熟识的眼睛

一双双眼睛投来不同表情的目光
不是那一双，又不是那一双
还不是那一双

她鸡叫二遍启程，自乡间赶来
只为的是来看她心上的人
衣袋里装着红苕、玉米棒、柿子
让他尝鲜，让他看他的妻子
是怎样走过了一个秋天

她走过的是一个艰难的秋天
一个偷偷抹泪的然而是欢笑的秋天

她向他的伙伴们致敬
他的伙伴们向她行注目礼
当下班的人群走过的时候

而他呢？他呢？他那一双熟悉的眼睛呢
尽管人们的脸都一样乌黑，牙齿一样洁白
可她要寻找的那双眼睛
她透过泪水认出来了，认出来了

为你，早晨哟

看哪，星与灯都融化了
涂抹一个乳汁似的活鲜鲜的早晨
空气里尽管渗进了不少煤屑
却有着大自然睁开睡眼时的礼赞

矿工们从更衣室从澡堂出来
沿着夜露打湿的矿区大道
走过蒸腾着热气的黑色的水沟
踏往栖于山坡上的恬静的小院

矿工们用脚步声去触醒妻子儿女们
在亲昵地说
酣眠，该换班了

为你,早晨哟
我们的矿工们在脚下的另一世界
耕播收获了整整一个通宵

为你,为你,早晨哟
创造者们才肯在孩子们上学去的时辰
迟迟归来,迟迟归来

《工人文艺》1985 年 1 期

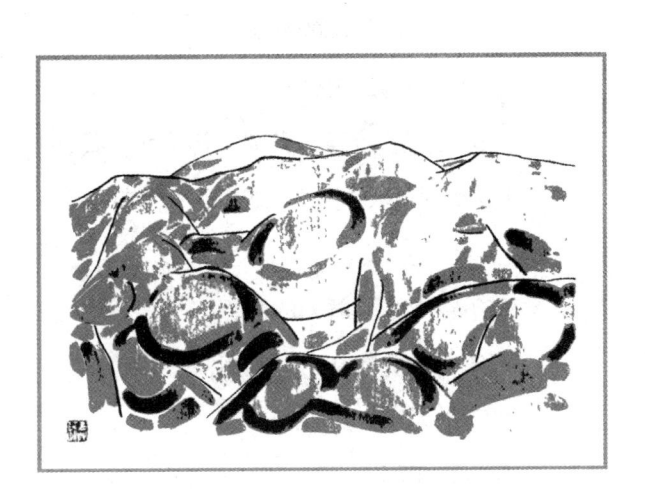

无定河

因溃沙急流而得名,
因浅深不定而得名。
一水远从大漠来,
一水远从昨日来。

无定河,无定的河。
养育了米汁如脂的米脂,
与金戈铁马的古绥州。
河边长满了沙蒿、枣刺、菅草和苦菜,
也开放百合、忘忧、胭粉花和十样锦。

一条将士炊马磨刀的河,
一条女子洗涤红布衫的河。
尽管是无定河边柳,
却也疑江南雪絮。

无定河,无定的河。

两岸皆是异域，
听筚篥夜夜伤客心；
两岸处处故乡，
常是那一曲
提起个家来家有名，
家住在绥德三十里铺村……

一条骚扰田园沃土的河，
一条浇濡糜谷扁豆的河。
说什么自古沙场点雄兵，
却也是蚕姑采桑上垅头。

无定河，无定的河。
流水沉吟着唐人陈陶的诗句：
可怜无定河边骨，
犹是春闺梦里人；
河水流入一九八三年秋天，
摄影机正在拍摄
路遥的《人生》……

无定河呵，
从陕北高原
注定要纳入大河的河。

《长安》1983年12期

元宵节

人群

平日宽荡荡的十字路口
窄得过不去一丝风
除了大雁塔的塔尖
路旁的每一棵树叉上都结满了孩子
楼顶也成了观礼台

社火还没过来
一只桔黄色的汽球从一位
小姑娘的手中挣脱
太阳一样升上天幕
同一时间
有一万双眼睛在向它行注目礼

是这个古老的节日呵

无声地结集了这蚂蚁般稠密的人群
而雷霆般的社火队伍
从吉祥村
从小寨方向轰轰地开过来了
震颤着每一个期待者的耳膜
消融了每一颗心灵背阴处的残雪

这是坐着摇摇晃晃的马车
从雁塔以南赶来的人群
这是杂居在都市里的乡村小巷里
奔跑出来的人群
这是从商场、饭馆、理发店和菜摊
拥出来的人群
这是一边挤着一边吃着粽子、甘蔗、冰棍、
糖葫芦和烤红苕的人群
这是父亲掮着小儿子、孙女搀着奶奶、
少男少女挽着膀子
孕妇捧着腹中的婴孩在被冲撞着的人群

你这古老的土地，醒来了的土地
在这个古老的节日里，在这一瞬间里
是以怎样的魅力汇聚起了这情感的
潮水啊！

元宵节　047

高跷

高跷！高跷！
连最低的孩子，在簇拥的人群中也一仰头
便看见了的高跷
从眼前神话般的真实地走过
戏剧舞台上的各色人物，
民间传说中的各类形象应有尽有地走过
英雄、烈女、奸贼、小丑、魔鬼都一样
迈着丈二长的木腿威风凛凛地走过
高跷说：我们是历史，大雁塔认识我们
高跷说：我们是我们，扬眉吐气地高高站
在云里头的今天的农民，
这是一方窄长的舞台
一条神奇的充满生命活力的河流
高跷，啊，高跷

《宝鸡文学》1984 年 9 期

相思

我在此岸你在彼岸
目光是我们的桥

桥是复线的
一条通向你一条通向我

我在此岸你在彼岸
思念是我们的桥

桥上车子沉沉
穿梭往来载着情爱的火

不要苦于河上没有船只
使我们如期相会

上弦月是我下弦月是你
月光夜夜来临

月圆的时候

没有了彼此之分

却也意味着新的别离啊

钟与泪同时叩响

心的红豆

坠入梦的瓷坛了

听遥远的夜声

一样辗转不寐

记忆的手稿

复印一万份了

久候的岂止是重逢

这许是爱

许是爱的苦痛啊

心电的感应

该属同一频道

你可在收听

《星星》1984 年 6 期

我的信

不要埋怨

我没有写信给你

陷得太深了啊

我怕连你也拖下来

活活溺死于相思海

情物也太沉太沉

我怕邮递员说是超重

所欠邮资等于这个世界

我还不起

一如欠你美丽的债

原谅我吧

给你写的信

先寄放在我心里

我的信是耕

你的信是获

我的信是你的收获

你的信是我的耕播

季节有常而无常

晴晦鲜明而混沌

失望与希望

都不必怪罪土地的墒情

心不会变霉

种子不会变质

即使世上没有了一个邮差

信也照样生长

给你的信没有封上

好装些梦进去

等待明晨的钟声作邮戳

信同相思躺在一起

醒来时去信袋里找梦

浊泪便偷偷糊了信封

圆月在西天

太阳在东天

恍惚中贴歪了邮票
日与月恰好吻成 8 字

爱之光
该是照亮着同一乾坤
且将一片真心
喂入饥饿的邮箱

为何又浮躁不宁
躯体像飘摇的船帆
我的心丢失了
那一只锥形的锚

丢失在那爱河流过的沙滩里
丢失在那奇妙而寂寥的幽谷
丢失在那轻音乐会的座椅上
丢失在那黄昏后的人群中

我去找丢失的心
心说它不回来了
它绝情于我而成为知己
丢失了竟比拥有更拥有

《长安》1986 年 8 期

十个孩子与一本连环画

放学后。
校舍静寂得仅能听见
三几声小鸟归窠的啁啾
突然
有一阵嬉闹起自操场旁幽深的竹林。

数一数,十个满是污垢的小脑袋
挤扁了一本连环画
挤扁了一个足以使十颗稚嫩的心
都产生共鸣的童话世界。

这个童话天地
游移着斑驳的夏日午后淡淡的竹影
聚凝了十张小脸上的轻风
汇融了十双眸子里的灵气。

一本连环画，使

十个农家孩子着迷的

一个窄小而阔大的窗户

放学后待放牧的牛和羊

都被遗忘在了竹林的背后。

十个刁野的男孩子

十个甜美的向往呵！

在属于放牧的初夏的午后

放牧故事，拥有着一处幽绿幽绿的

悄悄掀开湿土的竹笋的林子。

《诗刊》1986 年 5 期

下雪天

黑的树枝上长出白的影子
白的树枝下长出黑的影子
行人没有了影子
冬天在脚板下嚓嚓作响

车轮寻不见熟路
脚步在滑出路外
肉体都藏得深深
何况灵魂

灵魂很清醒
如同莹莹的雪之精灵
化成更晶亮的冰凌
少女用红唇吮融

有一盆炭火多好
有一个人作伴说话多好

水壶里有虫鸣

窗子流着泪

草兰在墙角守望春之天使

阳光在目光间闪动

谁敲门敲得讨厌

白雪宣纸被涂上狗爬的字

1989年腊月于莲湖

故乡

雄鸡

灰白色的黎明
拂抚着初春高原的故乡
从遥远的天边
触醒院落阴处的残雪

雄鸡激昂地唱了
健美的爪子飏着雪粉
是在迎迓黎明呢
还是在呼唤主人

故乡的第一缕鲜红色
是从鸡冠上映显的
而亮了山野

而艳了村姑脸上的团晕

雄鸡们在拍动翅膀
故乡在拍动翅膀
整个高原的早上
是翅膀拍响的晨歌

紫燕

你负驮着煦日
与南来的细雨同行
栖在故乡的土窑里
牵动了庄稼人的眸子

曾在寂寥时节
不辞而远去
是驮着凄苦去的
怕主人过于忧伤

主人怅望着空窠
伫候你的归来
故乡泥土筑的窠儿
永远筑在你的心上

你用轻快的羽翅

剪来一片初霁的蓝天
润朗的鸣唱里
律动着主人的慰藉

洋槐花儿香

土墙抱着窑院
洋槐花儿飘着芳香
花瓣儿铺了一地
荡起淡淡的馨意

村姑坐一块草垫子
在树下做时兴的嫁妆
袜底纳尽槐花柔情
纳进花影婆娑的光点

记起了那年
我要离开家了
你还很小很小
站在村口路边送行

记得你端着碗
碗里盛着的是蒸饭
蒸饭是拌着
那洋槐花儿香

皂角树

你虬盘的根须
如父老粗拙的手
青筋暴鼓着力
插入贫瘠的乡土

你紧紧地攥了一把
养育自己的泥土不放
佝偻着身躯
在熏风里微颤如醉

没有柳树的娇美
没有白杨的挺拔
肥硕的叶片与繁密的花
也并不是你的属性

你默默地
结出了弯月似的皂荚
不倦地洗涤
尘世上的污垢

《渭河》1982年第3期

小溪与鱼

梨园小溪

小溪,小溪,
你流向哪里?
大河里没有你的踪迹。

你哟,你哟,
默默地流入泥土里,
顺着果树的根和茎,
在枝头闪烁。

小溪,小溪,
你也会结果实,
那甜甜的梨儿里,
谁都能看到你。

鱼的遐想

我的家住在水里，
水一会是蓝的，
水一会是绿的。

我蹦出了家门，
看见了太阳是红的，
看见了云彩是白的。

是谁给我家装上玻璃，
是这样的冰凉，
把我关在了家里？

春天赶跑了关我的冬天，
玻璃融化了，融化了，
夏天和秋天的客人来了……

《少年文艺》1982年第5期

黄土路

黄土路

你珍藏着我的记忆,
那饥饿时悄悄的哭泣,
那割牛草归来的雨天……

你留给我的印象是苦涩的,
正是你那黄色的枯藤,
你编了我儿时的摇篮。

呵,让拖拉机的履辙,
碾碎我的思念吧,
为使后辈不重蹈我的童年!

牧羊

在异乡偶尔见孩子牵着羊,
我的心就被羊牵着走,
牵往我渭北山地的故乡。

今日,我把羊群赶往山上,
在晴朗的空中抽一个响鞭,
白云便飘落在绿色的山岗。

我把寻来的那支山歌儿清唱,
试探山谷还给不给我回音,
还认不认识我这牧羊人的儿郎?

《长安》1981 年第 7 期

夜归

没有晶亮的星星，
没有清丽的月光，
夜里，我赶回故乡去，
看不清故乡的模样。

乡间的黄土路，
听得出我童年的足音，
来接我这归来的游子，
伸出温情的臂膀。

在夜的摇篮里，
我的故乡甜甜地睡了，
连同忙于春耕的牛、马、犁杖，
和拖拉机那一天的喧嚷。

如今的故乡呵，
生活有了新的节奏，

有一个弓腰扶犁的白天，
也有了一个打着鼾声的晚上。

窑畔上的烟囱里，
悄悄飘着谷秸火的清香，
泄露了热土炕上祝福的梦，
风调雨顺，庄稼铺满晒场……

脚步儿轻轻踏进窑院，
却见窗棂上透着微亮，
那可是故乡母亲哟，
期待得久了的泪光？

《安徽文学》1983年第1期

自行车

流丽的线条，
狂草的墨迹。
这是神秘的辙印，
勾勒着城市的诗句。

你我他的大作，
劳动者的言语。
这是平凡的辙印，
千万人懂得的思绪。

前轮是太阳，
后轮是月亮。
当今这个都市，
骑在车座上。

坐牛车太慢了，
坐火箭等于空想。

还是靠自行前进吧,
速度在于每个人脚下的力量。

在你居住的城市里,
什么场景最惊心动魄?
我曾不止一次地回答,
是这个自行车的海。

一日三遭潮起潮落,
把宽绰的大道挤得窄窄。
我自豪被汇入这涌流中,
因为我在生活着。

这里有流水的音响,
这里有弧光的色彩。
这是无数滚动着的火轮,
一个稳定运行着的世界。

一幅幅风情各异的面孔,
大都是劳动者的特征。
这就是我们这个城市的主人,
在把日子的秒针不停地踩动。

《西安工人文艺》1982年第7期

离合

离别

不曾学会过的离别，
像不曾品尝过的苦酒；
我送她远去，
心上泛起醉酒般的浓愁。

归来漫漫的路，
我不忍回头；
怕她眷恋的背影，
永远遮住我心的窗户。

我兴冲冲地去叩门扉，
却在门前停了许久；
我不忍用钥匙打开锁子，
怕寂寞的大闸贮满相思的涌流。

曾燃烧着恋火的小屋，
竟空旷得像莽野幽谷；
当我被离愁解脱，
是在如梦的时候。

偏偏梦又会苏醒，
醒来又添密密的怅惘；
为何不在梦中贴张邮票，
将相思寄给恋人吟读？

我听见心在默念着"再见"，
我不信服相逢不如等候；
爱在期待着重逢的太阳，
早日消融这淡淡的雾……

相逢

没留意情书那么热烈，
只记住她今日一定归来的话；
为贴愈我相思的隐痛，
忙把这消息从信笺上剪下。

为不重逢那断肠般的别离，

我故意不到路口去迎迓；
我把她给于我的爱的折磨，
也要无私地分享给她。

我让眼睛进盯住一页书，
变得陌生的铅字杂乱如麻；
耳朵拧紧了我全部的神经，
等待着叩门声在下一秒爆发。

楼道里响起亲切的脚步声，
接着却走入了邻居的家；
脚步声又在楼道里响起了，
我猜出这足音一定属于她。

她果然悄悄地推门进来，
用手轻轻地熨着我的伤疤；
而悟出相依为伴的仍是孤独，
我的眼睛被碰撞出失意的泪花。

就在我不提防的时候，
她突然出现在我的身旁，
编织过<u>丝丝缕缕</u>的相思之雾，
重逢才会把爱抹成早霞。

《工人文艺》1981年第4期

大地的潜流

大地的潜流

不是切开了大地的血管,
而是大地素有的乳房,
喷出洁白如玉的乳汁。

划过了一条条水渠,
渗进了一垄垄田畦,
浸透了一寸寸土地。

大地的爱原是不尽的潜流,
靠双手去开拓而付出苦辛,
母亲便会慷慨地赐予。

让潜在的看不见的爱,
变成这井台上的浪花翻卷,

浇灌干涸的心的土地。

荷塘

荷叶擎着一顶顶绿伞，
说是遮着艳阳的酷晒。
结集起绿色的屋顶，
又恐星光的箭镞袭来。

看荷花摇着伞儿，
扭动腰肢探出头来。
莲藕在污泥中沉思着，
孕育的果实洁白洁白。

为什么在早晚的时候，
荷花把喜泪挂满了腮？
似乎在诉说夜的温存，
诉说阳光那炽热的爱。

紫色小花

一朵紫色的小花，
开在峻峭的石崖上，

每天上工下工，
小伙子都去把它探望。

小憩的时候，
他总拧干毛巾上的热汗，
浇洒在花的圣地，
权当献给情侣的酒浆……

这天下班，他采下了
这朵闪烁在山崖上的花儿，
花瓣吻着他的鼻尖，
还给他浓郁的爱的芳香。

小花在手中飘摇，
他匆匆地跑下了山岗。
去找戴白手套的压风机司机，
那心上的姑娘……

《青海湖》1982 年第 7 期

红豆

从南国泥土中捡来了你
绝不是那种假相思的苦楝
不做给爱人儿的礼物
且留给自己的存念

终日揣在怀里
叩击心的铜钟
不轻弹的男儿之泪
也凝固成干相思了

圆润得快要爆裂
流出殷殷的血
依然放飞燃烧的相思
——永远属于自己的爱

《延安诗报》1985年第3期

羽毛

鹰的羽毛

搏击着
旅途的漠风
一根带血的羽毛
跌落了

羽毛里
有未死的鹰的细胞
它依然与风厮打
追逐着
母体的投影

那是鹰的羽毛
一支勇敢的诗笔

勾勒生命的足迹

飞过古老边墙的脊梁

海子暮色

几只沙鸽

颤抖着翅膀

轻轻触摸

海子的红衣裳

广阔的

赤裸裸的沙漠

我把整个天空的色彩

交给了海子着装打扮

这不是出嫁

海子在送太阳西行

而后用柔腻的脸

依偎晶亮的沙砾

在沙鸽们甜蜜的梦边

《飞天》1983年第11期

石灰石矿山

　　　　　我的石灰石矿山哟

你是地球肌体的一块青伤吗
人们操动风钻的螺旋状针头
为你注射一剂烈性的药物

你却变成一头被惹怒的狮子
在摇得小草也发抖的吼声里
把自己的躯体爆裂给人们看

我的石灰石矿山哟

你在破碎机的入口和运输带上
零散了的骨骼仍旧呐喊
当人们轻轻一撞就送出火星的响声

你在火炉里与煤倾诉着心事
绵绵的情绪弥漫着一片蓝天
火的鲜红却使你变得洁白如玉

我的石灰石矿山哟

你在石灰的晒场上闪着成熟的光
与风雨的交谈使你挥发着热能
如此含蓄和内在的火烫

你在球磨机的倾轧里思考
水泥包装车间里你又如此柔腻
是否已经改变了本来性情的坚韧

我的石灰石矿山哟

你是寻找到了一种新美的结构
或者素练一样搭在了大地的肩头
或是耸立在都市的天空里

你是追求到了一种生命的价值
或是用纯洁的白色装饰了人的世界
或是弓起背脊让历史从坑凹处踱过

我的石灰石矿山哟

下班路上

疲惫和沙粒挂在眉梢
夕阳牵引着一群活的铜像
额上有辛烈的火云走过

开压风机的女子
唱清鲜的歌
撩逗着开山人粗悍的神色

荒寂的矿山小径
常春藤一样缠绵了

身边的矿山有多么沉重
在开山人情感的海上
也能把它轻轻扶了起来

是下班的路上
是爱涨潮的时辰呢

《工人文艺》1983年第5期

杨柳

这一庭院里是株杨树
那一庭院里是株柳树
每日里亲密地相望
移动着叶片的眸子

只有他读得懂她的笑容
只有她听得真他的音容
小鸟儿知道这个隐密
别人却不了解鸟的言语

阳光叠起了彼此的影子
风儿牵引了彼此的相握
是一场偶尔降临的暴风雨
曾成全了永不遗忘的偷吻

他把杨花开放在叶间
她把柳絮垂挂在枝头

都具有雪一样洁白无瑕的花
尽管结不出甜的或苦的果实

纵使飘落了生命
叶片闭上充满晚霞的眼睛
在两树之间那赫然的界墙上
也好贴紧了忧伤的苦恋

夜露会沁透成熟的叶脉
明晰的思缕伤痕般凸起
共同所植根的人生的泥土
珍藏着内在的爱的纠缠

她的杨树与他的柳树
天共一方呵地成一隅
虽被一堵矮矮的界墙隔开
树枝却因小憩的飞鸟颤抖不止

《诗人》1983年特刊

默契

思念得太苦了
相逢的时候
才如此悄然

爱是那么沉重
山盟海誓的字眼
不配是它的天平

相对无言
无言是一本书
写得那么如泣如诉

这是相互偿还着思念
这是无价之爱
这是无言的有缘

默契是一个谜儿
一个昭然的神秘

一碟子水
轻盈透明
却是浅薄的

溪流里的浪
喧嚣哗响
却是细微的

只有海
那无声的涌
方显出力的美观

木偶没有自觉的生命
白痴拥有多余的话
沉思富于吃草的马
先默契于自己的心
再同爱神对话

不必要表白
让青色的果子
一直悬挂在枝头

撷取爱的永恒
只怕是梦呓
且去珍重这一生之恋

为了对方
欢愉用闷雷的狂笑
忧伤用孤独的号啕

绵绵的思念
胜似匆匆的相逢
因为默契的缘故啊

人间知音
莫过于携着默契
漫步在生活的旷野

《江城》1983年第6期

金子

我是金矿的骄子
一个采金的人
每天在写着我爱恋的名字
——金子

用急促的脚步在矿区小路上写着
用飞旋的风钻在井底崖壁上写着
用轧轧的堵车在巷道铁轨上写着

为了金黄色的梦
大山的汗水与脊梁上的小溪汇流
风钻飐起的飞砂打湿含情脉脉的眸子
含金的矿脉砥砺尚还嫩稚的骨骼和性情

小憩时用指头在汗涔涔的掌心寄语
偎着孔雀蓝色矿脉走入美丽的幻境
石屋的睡眠里寻觅着一把金色的钥匙

却常于深夜热泪盈盈地醒了

当亲手点燃的炮声在大山胸膛里轰响
几度失恋的心儿又撞击着腔壁
掂起被汗水渗透的矿石
却温烫了一脉曾经落寞的年轻的血

我曾恨驻足在这人烟罕至的角落
我曾怨金矿藏在这幽暗的石缝
我曾畏于金子被囚禁在森严的迷宫
正因为这里孕育了我的爱恋
我便执着地苦苦地追求

我便发现了探矿者第一绺脚印的记忆
我便认识了开创者鲜血与生命的吻痕
这是多少人共同的向往呵
而不仅仅属于我自己
至善至美的金子呵

尽管矿脉纤细得似大山的毛细血管
尽管一吨矿石所提取的不过若干克
我却愿献上全生命的价值
定能索取到藏得很深的我的爱

《诗刊》1983年第1期

致黄河

黄河呵，我来看你
看你如何切割着古沉积岩
而撞开一条雄奇的路
从晋陕峡谷里深深地流逝

浩浩的乳汁的巨流
拙朴的木船的摇篮
一弯妩媚新月
正枕着涛声入睡

在渡口，在沙滩上
我却夜不成寐地远远走去
扯着母亲急急奔波的衣襟

李自成途经古渡
六月的黄河冰封三尺

这传奇令人难以置信
红军崖悲壮的故事
那殉情于黄河的年轻士兵
却使我偷偷地饮泣

你黄河之水天上来
曾咆哮于我头顶的夜空
巉崖上悬挂着你的足迹
吃水线嵌着你流程的记忆

黄河呵，你粗犷的皱纹
从河心直漫上河岸及远山
凝固成紫铜色的峭壁
梯田犁沟也呈显你流动的步履

村野里火红的枣林
山原上金黄的糜谷
背凹处紫绛色的荞麦花
皆系你情感的涟漪

山峁与蓝天之间那播种者
是你波浪里的船工与水手
天地连接处的支撑点
雕塑一样健美而雄沉

高原作一个船的模样
泊在你黄河母亲的怀里

我抬眼星空
身旁的高原似在浮动颠簸
旋转的地球用肩头将新月掩住

我是徜徉于柔丽的沙滩
却晃若乘船摆渡于河心
胸腔的浪谷律动着扳船的号子

那顽强的生命力的搏杀
在死死地咬住厄运不放
向彼岸，拍击着博大的希冀

湍流于中国北方的河呵
你蕴含着父亲和母亲双重的爱
你昼夜兼程的不曾打盹的历史

在渡口，在沙滩上
我的诗魂嚯嚯涌流
与你的交响神圣地融汇在一起
吻抱着滚过山来的新鲜的朝日

《延河》1983 年第 1 期

给你

一

枕着断续的相思
如同品味丝纷的香烟
不是那个吻
而是那把野菊的苦鲜

听枯枝上响着寒风
心上残梦不堪理剪
有不眠的警车疯过街市
碾碎了月的团圆

二

尾灯是你迷朦的眸子

轨道是你哀伤的泪辙
西去故土哟
却与知己者诀别

是一架囚车哟
将热切的爱生生撕裂
远了远了
相聚的日子终成梦界

三

天地大得容不了你我
天地小得隔开了我你
仅是区区寸肠
于浩浩星系里如期相遇

这斗室因你而生辉
这都市因你而失意
情人的世界
有一个曲艳的秘密

四

你多情的注视已模糊
你跳跃的姿影已凝固
唯独那秋山那石滩
依旧历历在目

尤是那小城那小爱河哟
流得姣好而拙朴
却怨河上少了小桥儿
使我没入了清亮的愁苦

五

丰腴的土地多么柔美
泥沼温热得令人入迷
纤细的芳草醉了
涟漪圆心打挺着银鱼

每每走过这方郊野
鸽哨儿都那么娇羞而知趣
甜蜜的苦痛呻吟着
偷偷潜行着情爱的增递

六

过苦了寂寞的日子
寂寞只因无所牵挂
终有牵挂了
日子更难以打发

怕失落那醉迷的誓语
怕拾回那真诚的情话
如梦似醒的虹
在雨后的晴空高高飞架

七

活得太破碎了
常悔怨于不成歌
没有旋律也没有韵
不属于冰或火

爱只要不被冻死
一触火星就会燃烧
人生的原野上
有窃听者歌泣着走过

八

在那处陡峭的坡口
我骑车飞逃出你的视线
而我的背影窥见了
你站成的一叶孤帆

不要哭泣
我心上的船
翻船于爱的怀里
等于抵达彼岸

九

离别的秒针
如同铁锁的巨响
一颗心被放逐
一颗心被锒铛

钥匙在上帝手里
爱神将锁孔遗忘
羽化的心
寻找自己寻找对方

十

子夜于黑暗中启明

相思豆的血珠被撞落

正如相聚时的预言

天各一方时这么难活

聊慰为凤凰涅槃

这颗红豆儿快要焦了

当话起这情诗的诞生

重逢的爱人该怎么极乐

《长安》1986 年第 2 期

月梦

这窗户太偏了
太阳遗忘了它
这窗户太正了
此刻正与圆月对视

不夜的天穹
不眠的痴梦
最佳的经纬度
孤月望着独人

梦是迷蒙的夜天
月是相思的爱人
爱人泊在不醒的梦里
如同月亮走不出天际

圆月终是告别窗户
丢下一片空寂的夜

心若枯井
找不见爱的影子

千里迢迢
到一条小河边
去看月亮

远远的记忆里
唯有这条小河边
月亮温情而大方

哪里看不到月亮呢
月亮哪里都能看到
却都属于风景而已

只有那小河属于自己
那小河里的月亮属于自己

月光老了
照在地上的是秋霜
将霜粒收拢起
可以塑月光的雕像

思恋老人
泪珠敲着空寂的心房

凝作钟乳石

铸成情感世界的金字塔

月光可以用重量计了

泪水可以用刀斧凿了

爱因此而老了

成熟得如同静夜

《工人文艺》1986年第6期

呈君

悲剧
使人落泪

你我呕心沥血
作为它的编剧
若置于情感的命题之下

你我嬉笑怒骂
作为它的男女主角
相顾于心灵的舞台之上

你我是它的观众
似乎在旁视别的故事
却成为故事的一个悬念

你我是它的批评家
评头论足

却在叩问自己的门扉

悲剧啊

使人知美识道

悲剧是你

悲剧是你

雨雪之晨

古都市的晨之雪雨

一切有血肉的活物

都缩起了脖颈

雨凝为雪

雪化为雨

天体的气韵

骚动着人间的炎热

是夏秋

也是冬春

圆润的水滴与棱状的雨瓣

是它的语言符号

又一颗新鲜的太阳

于雨夹雪的迷蒙里

隔着天窗的帘子窥探

不要雨

不要雪

雨雪的天气挺好

一对情人

眸子饱和了漫天雪雨

在苦苦作别

为君醉酒

为君醉酒

在生产哀愤的楚地

一个晚秋的小城

苦酒不在独酌

碰撞一个和谐的秘密

醉境的醇烈

创造一个只有两个人的世界

醉酒也苦

醉酒也甘

水样的液体燃烧火焰

血管里熔岩涌流不止

笑也为君

哭也为君

从未有过的混沌

从未有过的清醒

为君为君
天南地北的时候
不再因酒而醉
却从此品出了酒味

《延安报》1986 年 3 月 20 日

西丽湖意绪

一

路悬空而挂
供表演杂技
我没有勇气行走其上
无法返回自性的乐园

二

枝头的苹果
客人用目光从中切开
企图逃离囚缚

落花已成香泥
却不曾受孕结籽

一片牛蹄花的叶子
自有洞房花烛夜

三

心灵无处不在
目光所至
脚步却未必抵达

纵然你浪迹天涯
你还原地不动

四

或地址不详或查无此人
情书是一封死信
只好归还原处
自恋
会省去不少麻烦

五

恐惧的仄径
在瞳仁里泥泞不堪

同样是异性间的交融
竟有本质的不同称谓

六

时间愤愤不平
结束一千年的折磨
开始一万载的痛苦

吻的瞬间
啜饮寂寞之酒

七

枷锁在寻找脚脖
钥匙在自己手心冒汗

手被纸做的铐子束住

八

或为同伴或为野兽
或为自个儿
通常扼住你的喉头

你不会骑术
也没有遇到驾驭你的骑手

九

天使或魔鬼都行
唯平庸不属爱神

荡一叶小舟
在善与恶两岸之间
没有抛锚一说

十

圣经不能超越心灵

韵律里沾满霜粒

诗囚在行窃
窥探梦幻中的真身

1989年1月3日西丽湖心悦苑

寄远

你灵秀的手迹
竟把我书桌的玻璃击碎了
许是无意

心镜
一块洁净的用真诚与期盼
铸造的透明体被如此无情地
击碎了
你知道吗

我不知道
你是否化妆赴约
是否有意戴上面具
翩然于卡拉 OK 舞会

若惊的小鸟儿
把头深深埋进翅翼里

用听觉窥探消息

你智者的狡猾
如同你的笔锋一样圆熟吗
你我很陌生
若梦
碰面会认不出对方

上帝赐以机缘
上帝又索回了机缘
在不属于自己的时候
拒绝了上帝

你也像我如此怯弱吗
中秋的月亮躲在云后边
西北风里
长歌当哭长歌当笑
走向荒漠大野的孤独

你撩拨了一枝远方的薪
而当它欲燃时
却正了正神色
走过来一个背影

古井若玻璃

又复宁静
青苔在敛无花之果

也许是羞涩的青果实
永远悬挂在生命的枝头
不曾做一个坠落于地的梦
也好

一直干在枝上颤抖不止
邀风儿之箫
唱我们生存着的故事

《延安文学》1991年1期

第三辑 1992—1999

旅岛意绪

归去来

一日穿越四季
冬夏在行囊中换装

习惯了远旅
也就淡漠了告别

坦然地面对日子
往事总拥有邂逅

真切深刻而宽容
构成匆匆的人生风景

是归是去还是来
归去来本身是一个词组

那么你就属于启程
永远别追究地名的属性

从北到南从南到北
行程犹如舍中踱步

空姐问要茶还是咖啡
你以为在确认你的方位

在空中在天上
在白云中飘流着苍茫

十块钱的人身保险
等于六十万的价格

你把自己交付给上帝
从未有过一点恐惧

神奇的千里长桥尽头
有雪与火的幽思

静观

窗被严严遮住

帘子如律动的火蛇

物件崭新无比
杯中的液体没有颜色

一只苹果厮守一只梨
究竟是离还是平过

行囊空空填满沮丧
绿地毯岂有青草的气息

无一字的书可以阅读
思绪在排印一部长卷

乐极生悲也否极泰来
北方对称于南方

南方之南
迟到者是一个移位

何处是天涯海角
何处又是家园与爱巢

鞋子静静站在门旁
夜过去又是早晨启程

手表在一旁作蠖状而曲
圆盘上认真地走着磨道驴

秋后的蚊子如行尸走肉
飞翔得十分疲惫

你是这屋子的主人
却无奈永远的客居

独自与香烟交谈
形式陈旧而内容清鲜

你在一个海的身边
有时竟无缘于一滴水

想走出屋子逃离孤寂
屋外的空巷恐惧而美丽

《延河》1994 年 11 期

远行人

在那个熟悉的地方
可曾是你的家
问一声浪迹的人儿
为什么远走天涯

寻找海水与绿岛
和那真心的微笑
有一个欢乐的故事
苦涩中开出鲜花

为了回归的远离
别太轻易感觉你潇洒
有一个浪人儿期待的地方
你心是你的家

张大龙作曲 1996 海口春晚演出

陈旧的故事

一个陈旧的故事
在母亲眼里深藏
偶尔被捡起的
仍是血与火的歌唱

一个久远的微笑
越过漫长的时光
偶尔被遗忘的
却是死对生的向往

不要感叹天地沧桑
这里有红土椰林的梦想
为了青春的承诺
故事的种子依然在儿女心头生长

张大龙作曲 1994 海南春晚演出

我拥有海

故土很远
背影的记忆恍若尘埃
曾抑或是心血来潮
我行色匆匆靠近海
下海下海下海
海的苍茫
海的迷离
海的湿润
接纳我燃烧的期待
我拥有海
我寻找爱
我拒绝了活着的无奈

太阳很近
漂泊的泪水溶入血脉
不要说闯荡时风高浪急
我情愿自个儿交给海

闯海闯海闯海

海的呼啸

海的忧郁

海的温柔

赐予我丰厚的情怀

我拥有海

我拥有爱

我向往着日子的自在

刘勇作曲 1994 海南春晚演出

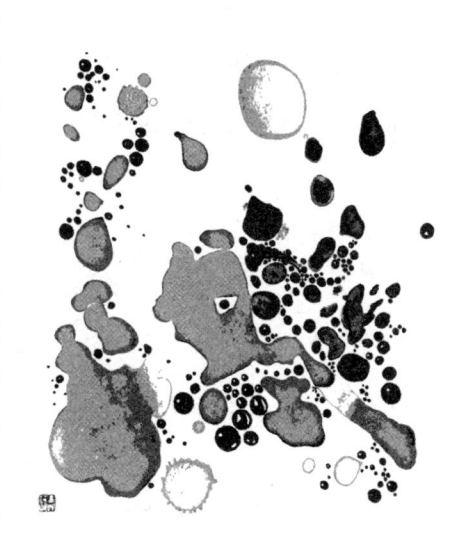

我听见红帆在歌唱

背靠大陆背靠黄河
面对蓝色的南中国海
海南岛啊
便是一个巨大无比的天然舞台

这时候
我听见红帆在歌唱
歌唱太阳初升一样的日子
波浪般奔涌着向我们走过来

好美的绿岛
好大的舞台
这里无冬常夏八面来风
这里鲜花常开春色常在
不必怀恋
刀耕火种木犁水牛的古老风景
走出封闭太久的茂密的丛林

我们终于用双手托起

无数风帆一样的摩天大厦

从陈旧的故事中走过来

从立交桥上走过来

我听见红帆在歌唱

歌唱红土椰林绿岛

歌唱历史的大海时代的大海生命的大海

海南岛啊

我们的家园我们的舞台

这里是天涯海角孤悬海外

这里不再是天涯不再是海角

这里离世界很近很近

面对太平洋

轻轻推开蓝色的大门

似乎只须一步就可以跨入

当今的大千世界

我听见红帆在歌唱

在用国际性的语言

道一声早安大海

让我们扬起红帆

扬起我们心中的旗帜

在这崭新的早晨

起锚出海

让我们仰起笑脸

用智慧汗水和泪水

拥抱崭新的太阳一样的日子

以我们涤荡了暮气的蓬勃的风采

让我们深情地

倾听红帆的歌唱吧

趁着强劲湿润而温存的海风

为明天奉献出

我们全部的爱

我听见红帆在歌唱

和春天的微笑夏天的热情一起歌唱

和秋天的成熟冬天的沉静一起歌唱

和椰树露珠花朵一起歌唱

和蓝天白云大海一起歌唱

我们的船

我们的帆

我们的海南岛

在歌唱着

迈向新的世纪

新的年代

我听见红帆在歌唱

唱得多么地和谐深刻

唱得多么的自由自在

      海南电视台1995春节晚会

第四辑　2000—2019

世纪末诗钞

牌友

从海南回来
又与老友约牌局
说一个死了
另一个病了

孤岛一缺三
故地三缺一
一归来了
牌桌却少了两条腿

不再说赢论输
二人枯坐老城根
一杯清茶
淹没了麻将自摸的炸弹

牌友失散了

断了嗜好或恶俗

仍然天各一方

一切真的是和了

东坡肉

一千年之后

苏轼在海岛上的知名度

是盛宴的一道菜

造棺掘墓

成了失信的宣言

经不住皇上召幸

坐牛车再换乘一只木船

渡过波涛汹涌的琼州海峡

回归此岸

苏轼未抵达京城

没有回到老家

却死在路上

客死异乡

是苏轼的宿命

东坡肉
香
好吃

别误读了东坡肉
那不是东坡
的
肉

苹果

苹果熟了
苹果贱了

多红多脆多甜的苹果
主人懒得去摘
任其落了满地
喂肥了野鼠

美好的果实
如同粪土
被犁铧埋入黄泥

来年秋天

农妇刨马铃薯

刨出一颗鲜活的苹果

苹果成精了

苹果成了根块植物

在黑暗的天空中

在泥土里

拒绝腐烂

《诗刊》2001 年 5 期

锄头与鼠标

春天又来了,
我扛着锄头走在故园的土路上,
在苹果园耕耘。
挖了一棵碗口壮的核桃树,
移栽到小学堂住舍的门前。

阳光很暖,
风很暖,
土味很暖。

找在屏幕上偷菜的侄子,
我用新茧手按动鼠标,
手有点疼,
后背上的汗凉凉的,
打开邮箱和博客,
我又进入刚刚逃出的都市,
忘却了身在桃花源里。

归去来兮,
田园将芜胡不归?
锄头与鼠标,
现代耕读生活,
平静如春天的柳芽。

锄头是最后的守望,
而乡下老鼠已极少见,
猫仍然妩媚,
鼠标却在庄稼人后代的手指间
窜来窜去,
闪着诡异的眸子。

《人民日报》2010 年 5 月 31 日

归园札记

红苕诗

端午节后的一个傍晚，
我站在老家的田地里，
挥舞着四十年后重逢的镢头，
挖出稿纸格子一样的湿润的土坑儿。
白发苍苍的老母亲，
跟在后面佝偻着腰，
栽种一棵棵被日头晒蔫了的红苕苗。
弟媳妇从地头窖里吊起水，
一桶底粘稠的水，
一碗水浇三棵红苕苗。
侄子说红苕不好吃，
没有一起来地里，
在家中电脑网上狂奔。

老母亲夸我的坑儿挖得好,
像我小时候写的字一样端正。
我回乡务农时十七八岁,
正是青春年少,
如今栽种红苕的手艺没有忘,
就象忘不了母亲慈眉善目的面孔,
忘不了老家沟壑纵横的模样。

我也是当了八年爷的人了,
儿子孙女在美利坚。
村上儿时的玩伴张着没牙的嘴说,
你给美国人当爷哩,
还回来种红苕。

三弟卸了村长的任,
买了台电脑玩儿,
与在延安石油上的女儿视频对话,
我也用五笔打上几句话,
像挥舞镢头寻思操作的记忆。
我也快提前退休了,
四十年前是从镇上中学,
四十年后是从省城,
又一次回到老家的土地上。
故园将芜,
归去来兮。

电视上跳出新闻，
中国诗歌节在西安如火如荼，
许多诗人的名字很熟悉。
铁凝与我先前拉过话也合过影，
高洪波前日与我游过历史博物馆，
雷抒雁不久前与我在桃花源一起写字。
我也曾经是一个青年诗人，
早被身强力壮者踢出诗坛，
忘得一干二净。
如今我是一个农人，
在老家写红苕诗。
我给儿时玩伴夸耀我认识电视上的诗人们，
他阿Q似地一点也不羡慕：死人？
不，是诗人。
他说红苕比诗顶饱。
那么，我成了阿Q？

记得有一位朋友，
重逢时说当年背过我一首诗，
二十世纪八十年代发表在《诗刊》上。
他回忆诗句道：
晒场啊，我母亲粗糙又绵软的手掌，
把沉甸甸的日子掂量。
我这才记起我曾经是一个青年诗人。

我走出土原和矿山,
走向都市与海岛,
走向巴黎罗马,
如今又回到黄土原上。
像路遥小说《人生》中的高加林,
但我不失魂落魄,
我不忏悔。

我不是不为五斗米折腰的陶渊明,
我是我。
就像当年我寄《和谷诗选》给高洪波,
扉页上写道:
你是谁?我是和谷。
高洪波回信说,
应该把句子打个颠倒:
我是和谷,你是谁?
前者是自问自答,自娱自乐,
后者是我向你发问,你究竟是谁?

红苕是红苕,
诗是诗,
是农事诗,
是诗的生活与人生。
我在这个傍晚,
在老家土原上,

栽种完几十行红苕，
搀着老母亲荷锄回家。
炊烟袅袅，
鸡犬之声相闻，
这是温暖的怀抱，
我这四十年都跑到哪里去了？
喝罢汤，
又在电脑上敲打出诗文，
曰：红苕诗。

辣子回来了

在老家住舍
拾掇从城里搬回来的物什
发现了一瓶辣子
腥红地守在它的住舍里

辣子是母亲种的
几年前捎到城里
没有吃完
或是舍不得吃完

曾经的八年海南岛生涯
也没少了老家地里长的辣子

油泼的睁眼辣子

胜过世界上任何滋味

母亲听我说

怎么夹带着把辣子弄回来了

又把石头背回了山里

有点完璧归赵或物归原主

母亲说

辣子恓惶的

从城里逛了一圈儿

又回来了

月光夜归人

土原苍茫

沟壑幽深

小路蜿蜒

月光下我又回老家

一阵大风起兮

沙尘暴朝我扑来

是我的春天的故土

站了起来

飞舞了起来
迎迓她的游子回家

没有灯光
没有人声鼎沸
老家疲倦地睡着了
我把脚步放得轻轻

怎么狗也不叫了
噢,是它的鼻子已经嗅熟了
主人的气味
一位少小离家老大回的主人

推开家门
年迈的父母未眠
牵动了风筝似的灯绳
拥抱我的是宁静的光明
一颗心终于停泊了

《人民日报》2010年7月28日有删节

有朋自远方来
——西安仿古入城式主题歌

火树银花

灯火万家

有朋自远方来

长安今夜无眠

周公美梦秦王梦

汉唐雄风颂城垣

好风如秋水

春意更盎然

窈窕淑女

歌悠悠舞翩翩

人间天堂

今夜欢颜

有朋自远方来

长安今夜无眠

莫道渭城西行客

丝绸之路通九天

劝君一杯酒

八方大团圆

风流人物

长相思在长安

《音乐天地》2007年

赵季平曲,谭晶演唱,2005北京爱乐乐团录制

都说彬县好地方

迷人的丝绸路上
有一尊彬县大佛
古刹神奇
古塔萧瑟
诗经里的七月豳风
在后稷公刘的田野上吹过

清澈的泾河岸边
有紫薇的新传说
长虹飞架
长堤巍峨
最洁白的二月梨花
在煤海上如流云飘拂

来吧来吧
都说彬县好地方
是中华文明的发祥地
美丽而温暖的地方

赵季平曲，常思思演唱，在北京录制出品

归去来

种花

清明前后,种瓜种豆。
在故园小学堂住舍的庭院里,我种树种花。
我种红玉兰,想那洁而艳的笑脸。
我种樱花,想那踩上去绵软的落英。
我种樱桃,想那胭脂色的一吮。
我种山楂树,唱那俄罗斯忧郁的恋歌。
我种中国兰花鼠尾草与硫华菊,
还有花菱草与西洋滨菊。
我种欧洲驱蚊香草、矢车菊、七里香,
我种地中海薰衣草与勿忘我,
我种墨西哥小丽花与孔雀草,
我种东亚情人草,
我种印度茶花凤仙,
我种希腊康乃馨,

我种美洲夜来香，

我种冰岛虞美人。

种灿烂阳光和乍暖还寒的三月风，

种童年记忆和沧桑履历，

种遍天下风景和草木性情。

种诗种文，种一地湿润的墒，种风调雨顺。

种子发芽，开花，结果。

只问耕耘，不问收获。

争光来电

我在老家

突然接到杨争光电话

他问我在哪里

我说我在老家

你在老家弄啥哩

我说我在老家种玉麦哩

种玉麦弄啥哩

熬玉麦糁喝哩

你胡说哩吧

我说真的

告老还乡了

不过我在网上看见你的

《少年张冲六章》消息
他说我年前夕乎死了
我一惊咋哩
心脏搭桥哩么
我说多保重命要紧
他说是的活人要紧
我说文章写不完钱挣不完
人有寿数哩
他说是的
咱都多珍重

人不要说树的坏话

有人说院子里
前不栽柳，后不栽桑
槐树是木字旁一个鬼字
柿树招惹是非
杨树是鬼拍手
松柏是坟里栽的
桃树是驱鬼上身的

我说
柳树是留
童年时桑葚充过饥

桑叶喂过蚕

旧居老槐树是保护神

柿子香甜

杨树挺拔

松柏高洁

桃花绚烂，桃是寿桃

我见过一个面善的人

在一个单位打扫院子

偷偷剥桐树的皮

说这树太讨厌

有扫不完的落叶

切断了给养

让树慢慢死去

人非草木

人不及草木

一种树是一种人

人掌握树的命运

一个人却活不过一棵树

树是守望的人

最忠诚于土地

人不要说树的坏话

树也听不懂人的话

黑头发，白头发

在乡村班车上，
遇见小时候的伙伴。
我向他打招呼，
他把我当成了在老家的我弟。
他问，你哥快退了吧？
我说，我就是他哥。
他惊讶地端详着我，
说，你咋成这样了？
电视上看见你还年轻着哩么。
我说，你是说我头发白了？
其实过了五十就白了，染的。
坐在办公室，怕人家年轻人（比我儿子还小的多）说，
这老家伙还不回家抱孙子？
我想说，我的美国孙子快十岁了。
提前退了，再没染过发，白是本色，黑是伪装的。
退了可以不要装年轻了，
老了就是老了，岁月不饶人，谁都一样。

也开玩笑说，是染白的。

他说，我的头发也是染黑的，我都过六十了。

我说，你当农民也注意形象。

他说，打工不要白头发，染黑了我可以冒充十岁。

我说，你当过兵，吃劳保，还去打工？

他说，农村兵，没补贴，

按说我当兵还进过原子弹基地呢。

如今不打工，吃啥喝啥？

我不知说啥好。

黑头发，白头发。

《海燕》《读者文摘》2011年3月

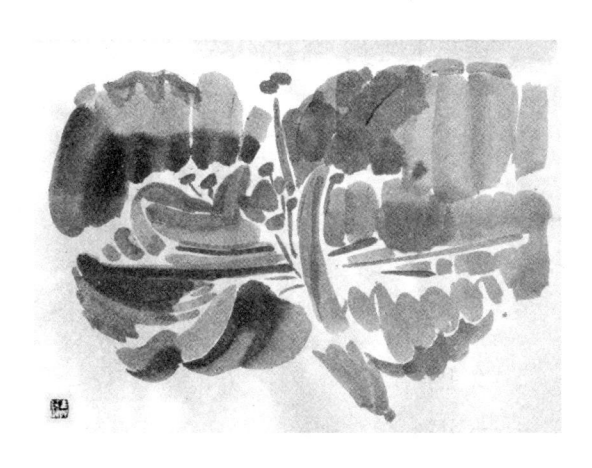

手机诗

和政才先生

塞上有圣诞,古都寄情缘。
乡语知音讯,月缺故人圆。

附政才先生原诗:
塞上无圣诞,严寒弥漫天。
遥知狂欢处,嘱月问平安。

2008 年 12 月

女主朝华山

女主朝华山
小丫新开学
鸭梨奶奶买

一男读逍遥

春雨一丁点
清风弄窗帘
细品心语声
瞬间到华县

小女画又诗
天然临北窗
远寄琢一字
风吹华山唱

伊人往华州
有诗捎长安
老君咂其味
小女也尝鲜

故道话沧桑
碑石生青苔
有谁遣春词
老秘意中来

2009年2月

生日寄远

示儿诗

子清生日
三三吉祥
我心悠悠
天各一方
春不记年
风雪茫茫
归园乡里
六十儿郎
平生有福
高堂在上
相伴到老
寸草心肠
去国十载
锦书短章

何其欣慰

明月情长

2011 年 1 月 19 日

圣诞

  大孙女欣，喜好长笛，获美国南加州奖，吾和氏原本羌人，善笛怨柳。小孙女薇，爱好小提琴，她爷爷曾戏此物。儿赴美十载有四，三度还乡匆匆计十数日。临近洋人圣诞，吟咏寄远，以释怀。

羌笛掀南风

琴童采薇草

十年两茫然

家山万里遥

2013 年 12 月 18 日

寄洛杉矶小孙女其薇生日

和家有女

蔷薇之花

金猴九岁

长在天涯

管弦

　　孙欣与薇居美，好笛与琴。忽忆年少，母亲鸡蛋换钱二毛七角买竹笛。读大学献血及所攒六十元，托同窗从南京购得旧提琴，尔后海南岛来去丢失。花甲岁，一日会美国归来文友，微醺，途经南廓街入琴店，慷慨倾囊置琴，然功夫全废，愧不成调。羌笛，羌人吹的笛子，吾和姓，远祖乃羌，放羊人。引刘禹锡诗句，及杨柳，"长安陌上无穷树，唯有垂杨管别离"，古人送别，有折柳赠别风俗，以人之去乡，正如木之离土，望其如柳之随遇而安。此感怀寄远。

人世几回伤心肝，
忽忆鸡蛋换竹管。
羌笛不须怨杨柳，
春风又绿加州南。

南廓街上买提琴，
可怜白发少年心。
弓弦生涩马尾散，
想见梦里觅知音。

和欣 2014 生日

遥迢几万里
祝愿寄明月

和光亦同尘

欣慰逐年切

生于异乡土

日照普天野

快意连思情

乐忧花甲爷

永遇乐·归园

自古人生，
归去来兮，
桃源深处。
鬓毛已衰，
且听书声，
未被风吹去。
砖舍瓦屋，
桐花盛开，
人道先生曾住。
想当年，
风华学子，
初生牛犊如虎。

行旅匆匆，
走南闯北，
故乡难得回顾。
四十年间，

过客一个,
海岛长安路。
田园将芜,
家山总是,
安妥放心热土。
父母在,
谁敢问我,
尚能饭否?

      2011 年 5 月 28 日

老母亲的板数

盼女

大盼的六女来
长杆烟袋吃出来
妈盼的六女来
龙头拐拐拄出来
嫂嫂听着六女来
倒坐门槛不起来
哥哥听着六女来
上房揭瓦不下来
哥哥哥哥你下来
不吃你烟不喝你酒
凉水点点不搭口
大妈盼的六女来
六女家事也没干
娘的气也没咽

正月盼到腊月

六女家事干完了

娘的气也咽了

拄拄棍摔纸盆哭黄天

孝布手帕搁了一蒲篮

眼泪流下一大滩

说媒

门拴当当

黄狗咬的汪汪

咬谁哩

咬你媒儿大哥哩

大哥大哥你坐下

让我黄狗先卧下

我娃没长十七八

拿不了钥匙当不了家

大妈呀你甭愁

半夜起来梳光头

前头梳个压压尾

后头梳的一盘楼

前后院里齐打扫

鸡娃狗娃都喂饱

嫁女

红公鸡绿尾巴
跳过崖接手帕
织下手帕进庙门
庙门底下住大人
大人问你谁家女
女是吴家的好丁当
吃干馍喝米汤
喝的喝的哭恓惶
眼泪滴到石板上
石板开花是海棠
海棠河里洗衣裳
洗得净槌得硬
打发哥哥进城去
去呀骑的花花马
回来坐的花花轿
一百龟兹一百号

花媳妇

红公鸡绿尾巴
借你胭脂没粉搽
借你油梳光头

借你马请大嫂

请下大嫂哪里坐

桌子板凳没一个

叫个贤儿端板凳

踏了贤儿脚指头

贤儿哭得不吃饭

贤儿贤儿你不哭

大妈回来给你问个花媳妇

花媳妇不出奇

一脚蹬到炕洞里

第二天早上掏灰去

掏出来一个脑瓜盖

脑瓜盖上一支毛

老鼠叼上满院跑

撂到烟囱向上翻腾

撂到窖里老鸹往上吊哩

撂到井里老鸹往上请哩

撂到红嘴头

把老鸹尻子磨得红九九

癸巳年正月初八于故园南凹记

铜川民歌五首

吴忠玉演唱，李皓宇录音整理

十绣

一绣天上一朵云，
二绣王母赴蟠桃。
三绣黄河水摆浪，
四绣鸳鸯水上飘。
五绣五龙来戏水，
六绣金鸡展翅飞。
七绣七星当头照，
八绣八仙来过海。
九绣九哥前边走，
十绣金银一盒子宝。

扬燕麦

正月里来正月正,
幸喜的四哥(燕呀燕麦青)去上工。
进门先担两担水,
吃罢了早饭(燕呀燕麦青)打扫马房。
二月里来龙抬头,
周四姐梳妆(燕呀燕麦青)上彩楼。
三月里来三月三,
周四姐绣房(燕呀燕麦青)缍金莲。
胆大的四哥捏一把,
虽然不痛(燕呀燕麦青)浑身麻。
四月里来四月八,
周四姐梳妆(燕呀燕麦青)把香插。
人家插香为儿女,
周四姐插香(燕呀燕麦青)为四哥。
五月里来五端阳,
大麦小麦(燕呀燕麦青)都上场。
长工短工地里走,
丢下四哥(燕呀燕麦青)送干粮。

小换货

货郎本是杭州人,

我担上担儿出了门，
不走大街小巷过，
吆喝一声换杂货。
正在绣房绣荷包，
忽听得门外换杂货。
双手儿推开门两闩，
原来是货郎到门前。
货郎箱箱什么货，
把一物一件表上来。
不要绫来不要索，
单要一个胭粉盒。
胭粉盒盒钱多少，
讲上个价钱买一个。
不要多来不要少，
铜钱你给五十个。
不给多来不给少，
铜钱只给二十个。
今年生意利钱薄，
二十个铜钱卖不着。
卖不着来卖不着，
再添十个买一个。
你这个姐儿讲话好，
不赚利钱卖一个。
一五一十十五个，
二十二十五再添五个三十个。

这个姐儿你不走,

这个小钱我要挑。

你挑你挑尽管挑,

挑上几个换几个。

这个姐儿讲话好,

这个小钱我不挑。

你不挑来你不挑,

再一回过来照恭的多。

打补丁

清早起来昏沉沉,

我娘丢下我独自人。

衫子烂了无人补,

裤子烂了三条缝。

袜子烂了千只眼,

鞋子烂了无后跟。

今天无有营生干,

去寻干妹子打补丁。

走一岭呀过一弯,

观见在门上吊双环。

手拍双环唰啦啦响,

叫了声贤妹把门开。

正在绣房绣绒花,

忽听门外人叫咱。
双手推开门两闩,
原来是干哥到门前。
见面我深施礼恭财又恭喜,
干妹今天才在家里。
一礼我还一礼,
干哥今年才好生意。
多年生意更不强,
可怜干妹今年才守空房。
衫子烂了无人补,
裤子烂了三条缝。
袜子烂了千只眼,
鞋子烂了无后跟。
今天无有营生干,
去寻干妹子打补丁。
一无有针二无有线,
无有什么打补丁。
无有什么打补丁,
干妹你在我启程。
奴送干哥在门上,
干哥耐烦听心中。
二十四五正当年,
人总打锤连累咱。
一拳将伢人打死,
不换人命换牵连。

碰住好人把你放，
碰住瞎人送于官。
碰住清官把你放，
碰住赃官将你押。
亲戚朋友不见面，
帽角子长得像囚犯。
木梳梳来篾梳刮，
刮下虮子白唰唰。

打笕杈

四月夏至麦稍黄，
家家户户都搁场；
人家搁场麦稍黄，
咱二人搁场在背坡。
昨日我在北家庄，
邻家妈妈烙油馍；
没啥吃来没啥喝，
咱二人回家拧麦索，
叫贤妻来听我言，
给伢客官送啥饭？
饭到地早客喜欢，
吃了饭儿好动弹。
手提罐罐上南原，

叫了声客官来用膳；
饭到地早客喜欢，
吃了饭儿好动弹。
揭开笼笼仔细观，
馍馍蒸得好虚泛；
揭开罐罐要喝汤，
麦仁熬的稀粕囊；
豆芽虽小实好看，
鼓堆堆的一瓷盘。
走周至，过户县，
走了临潼过渭南；
大小州县都走遍，
没吃过这大嫂子的好茶饭。
叫贤妻来听我言，
听我把庄稼表一番；
大麦上场小麦黄，
你看庄稼汉忙不忙。
收麦碾场事情大，
忙把娃子扔求下；
扔求下来扔求下，
收麦碾场不管他。
丈夫手拿麦勾走，
贤妻后面紧随跟；
走得慌忙来得巧，
行步来到南场里。

丈夫手拿麦勾拉,
贤妻后面打笡杈;
头笡打在南场畔,
第二杈又打场中间。
打得欢来打得欢,
再给这婆娘显手段;
哎哟哟,鞋带断了。
我这个曲子金箍转,
收麦碾场鞋带断;
丈夫就把麦勾丢,
向前先把我妻瞅。
你不怕来你不怕,
场外有条驾角绳;
驾角绳来太点粗,
你与为妻解头绳。
这搭人儿老多多,
叫我怎样解头绳?
场房背后没有人,
解了头绳三股叉。

据《铜川市民间音乐集成》蜡板刻印本词曲谱
《铜川经济社会研究》2014年3月

一只白鹿在原野上游弋

春生夏长，
秋收冬藏，
此天道之大经也。

——司马迁《史记》

生

婴儿垂死般的啼哭声，
揪碎了褪色的窗花。
接生婆剪断母子疼痛并幸福着的脐带，
剪断门外父亲焦虑的愁肠。
突然电闪雷鸣，
日本敌机黑蝙蝠般掠过天空，
暴雨和炸弹如注。
与襁褓中婴儿哇哇的号啕绞成一团，
撕心裂肺。
帝都西安灞上白鹿原的小山村，

一九四二年六月的一个黎明,
一孔土窑洞的麻油灯照热土炕,
陈氏家族喜得一子,名忠实。

兵荒马乱,难民如蚂蚁流离失所。
国之将亡,
赳赳老秦的后生兵出潼关抗敌。
中条山血肉横飞。
黄河壮怀激烈,折流东去。
中国胜了!人民胜了!
庆祝游行的血社火狂了!

魔鬼死于斧子、铡刀、剪刀、镰刀、锥子,
惩恶扬善,这叫一个快活。
古庙前,幼年的他随大人长跪祈雨。
扮"黑乌梢(黑蛇)"的族长
悍然一蹦三尺高,
从烈焰中抽出烧红的细钢条,
骑大马披稻草簑衣,
率众赴黑龙潭取水。
老天爷普降甘霖。
众生狂欢。
一弯彩虹从原野地平线抛过天际。
幼年的他架在父亲干瘦的肩上,
母亲小脚碎步紧随,

跌跌撞撞地楔入黑压压的人群。

春

草叶上凝固的泪珠一滴滴消融,
冰雪化春水,润醒乡野桃花的媚眼。
飞出窑院,穿过黄土阡陌,
他雀跃展翅在上学的村路上。
新中国的朝霞系着红领巾,
简陋的小学堂书声琅琅。

向日葵的金黄的笑脸,
找呀找呀找朋友。
背馍上中学。
黑棉衣开缝露絮。
与语文老师从误会到感恩。
集市上卖菜,
换取肖洛霍夫《静静的顿河》。
放牧思想,
收割青草和美丽如花的词句,
尽管眼底的灞河濒临干涸。

考场上,高中生的他踌躇满志,
落榜后,狂奔山野,想放弃年轻的生命。

听见鸡鸣。
父亲说，天底下做庄稼的一层人呢！
他默默回到土地上，
伴牲畜犁耧耙耱、扛麻袋。
转而执教鞭当上斯文的先生，
带村童识字、逮麻雀、拾麦穗。

土屋，微弱的煤油灯下。
他一字一句读《创业史》。
与住在皇甫村的柳青对话，
听梁生宝买稻种的故事：
春雨唰唰地下着。
透过外面淌着雨水的玻璃车窗，
看见秦岭西部太白山的远峰、松坡，
渭河上游的平原、竹林、乡村和市镇，
百里烟波……

夏

祠堂塌陷，牌楼倾倒，家谱被焚。
狂热的人群在跳忠字舞。
没人能回避那个荒谬的岁月，
他未必不是随波逐流。
彷徨犹疑中走向广袤的田间，

隐约听见有人吼秦腔。
那是《周仁回府》：
见嫂嫂她直哭得悲哀伤痛，
冷凄凄荒郊外哭妻几声，
怒冲冲……偏偏的……咕哝哝……
眼睁睁……闷悠悠……气昂昂……
哗啦啦……恨绵绵……弱怯怯……
痛煞煞……血淋淋……

水库工地，
他带领乡亲挑土、拉车，歇息。
麦田少妇般艰难地孕育着饱满的丰收，
绿色、黄色波浪起伏，汹涌如海。
他和乡亲们摆开雁阵挥镰收麦子，
和妻子拉风箱烧火，
擀面、大老碗咥面。
土屋，他彻夜爬格子写字。
骑自行车几十里进城送稿子。
有一天，乡间邮差在路口舞动报刊，
他扔掉锄头飞奔在青纱帐的田埂上。

秋

一个人推着或骑着自行车，

从喧嚣的城里重返乡下破旧的祖屋，
回归民间精神家园，卧薪尝胆。
犹如一头独自剥离自己灵魂的困兽，
雄狮般舐罢伤口，
突围于礼教和人性的樊篱。
他穿越于阴阳两界的日月天地，
翻阅县志、族谱，走访长老。
构筑大书的故事传说砖头般纷飞而至，
他应接不暇，抱着头被埋没其中。

又与赵树理交谈《小二黑结婚》。
与新结识的马尔克斯对话《百年孤独》：
许多年之后，面对行刑队，
奥雷良诺·布恩地亚上校将会回想起，
他父亲带他去见识冰块的
那个遥远的下午。
而他的父亲只是叮嘱他：
天底下做庄稼的一层人呢。

白鹿原上奇诡的世相百态纷至沓来，
肃穆的祠堂上，
族长白嘉轩领诵族规乡约，
接纳新婚男女，
黑娃小娥像野狗一样被撵。
他在原坡上抡圆了镢头掏地，

俯、仰、曲、直，摸、爬、滚、打，
喘着粗气趔趄着抽卷烟，
云雾呼唤炊烟。

端坐在太师椅上的
白嘉轩与鹿子霖对峙。
白灵、小娥、黑娃、白孝文、鹿兆鹏
交错，邂逅，对舞。
他遇见羞怯而野性的小娥，
惊骇、狐疑、怜惜。
听一折碗碗腔《窦娥冤》：
有日月朝暮悬，有鬼神掌着生死权。
地也，你不分好歹何为地？
天也，你错勘贤愚枉做天？
哎，只落得两泪涟涟……

他坐卧不安，焦躁难耐，汗流浃背，
点燃臭蒿驱赶蚊子，
与狡诈的老鼠周旋。
抽巴山烟，喝西凤酒，吃午子仙毫茶。
祖父留下的旧桌腿断了，
便用麻绳绑扎。
终于灵感爆发，转而镇静，正襟危坐，
一笔一画写下了第一行字：
白嘉轩后来引以豪壮的是一生里娶过七房女人……

哎呀，他叹息一声，伸了一个懒腰，
步出孤零零的寂寥的土院落，
见村邻在打胡基铿锵作响，
甚为羡慕人家简洁的活法，
吆喝一起下棋，楚汉直杀得昏天黑地。
他沿涓涓细流的灞河上下求索，
蓝田猿人、女娲、半坡人陌生而熟悉。
登上汉文帝霸陵，与昔日皇上对白：
你先人是个武夫，也不失为大诗人，
大风起兮云飞扬……
茂陵石刻之卧虎吼声如闷雷。
眼见陵地草丛中一只脱兔，
被躲藏在暗处的偷猎者用弯弓射杀，
他低下了悲悯的头颅。

大雪、冰河、火焰、暴雨，疾风，烈日。
他奋笔疾书，恍若目击者，
眼睁睁看着小娥与黑娃情欲如焰，
鹿三从穿红裹肚的小娥背后
将其一矛子戳死！
"大呀！"
一声剜心的惨叫。
他放下笔，两眼墨黑，埋头哽噎。
小娥哭着说：

"乡党，你让我死得太恓惶，
我还想给黑娃生个牛牛娃哩么……"
他仰望幽蓝的星空。
无语。

日月轮回，四季往复。
板胡凄美，唢呐苍凉。
红白喜事，花轿棺材，青丝白发。
《白鹿原》画上最后一个句号，
断然掩卷，如从黑暗隧道中摸着爬出，
晕眩于耀眼的光明中。
如戴着镣铐的悲悯而狂欢的舞者。
历经六载，
一部死后能当枕头的大书《白鹿原》，
隐藏着一个民族的心灵秘史与梦想。

妻子从城里送面条回来了，
他呆呆地望着一大撂子手稿。
写完了？
完了。
发表不了咋办？
回来养鸡。
雄鸡一唱天下白。
白鹿四蹄腾空，跃入尘世。

冬

新世纪钟声敲响了,
乍暖还寒。
雪落灞河,朔风扑面。
他欲渡冰河,浪了个趔趄,
冰块爆裂,险乎落入冰窟窿。
遂点燃了荒郊野火,放声一吼《别窑》:
窑门外拴战马将心疼烂……

足球场上的搏杀。
他静静观看,不禁手舞足蹈,
大喊大叫:"国力,加油!"
众球迷应之:"加油,国力!"
山呼海啸。
当他高擎奥运火炬奔跑在长安大道,
做慢动作状,时跑时走,
一代文学英雄若古代豪杰,
执剑四顾天下,父辈一样雄性凛然。

传递火炬的队伍在挺进,
古城墙如龙蛇缓缓蠕动,
碑石盾牌般漂浮游移,
周秦汉唐的英雄美人们

孔子、秦始皇、刘邦、项羽、李世民、
武则天、李白、杜甫、王维、李隆基、杨贵妃
被惊醒了，
猎猎西风从天边丝绸之路赶来了驼队，
古今中外人流如潮，
一簇人类现代文明的圣火
融入浩瀚星空。

城墙下的古旧街巷，
羊肉泡馍馆的蓝色幌子微微飘拂，
《白鹿原》的作者独自一人，
在慢悠悠地品咂。
一个并非华丽的转身，
徜徉于广厦林立，
车水马龙的时尚人群中。

白鹿原，樱桃熟了。
那一颗颗姹紫嫣红的
心一样形状的樱桃。
他与文学青年、游客漫步在原上尝鲜。
和孩子们栽下一棵小小的樱桃树，
一行人渐渐隐入果园深处。
蓦然回首，
一声鸡鸣。
炊烟在招手。

隐约有人呐喊：

忠实！你妈叫你回家吃饭哩……

死

云横秦岭家何在？

白鹿原，晨雾朦胧。

一场夜雨熏风，

满原麦子由绿变得金黄灿灿。

他步履匆匆，追逐、抚摸着一只小白鹿，

眺望那尤物消失在白云深处。

他人困马乏，累了，

不由放缓脚步，

安然地屈膝侧身，

躺成一个人字、大字，

躺在了一片咯吧作响的

金黄的麦子地里。

他是一棵健壮的普通的麦子，

植根泥土，屹立于天地间，

摇撼着夏日一阵阵烘烤的热风。

二〇一六年四月二十九日凌晨，

七十四岁的他走了。

原上曾经有白鹿，
人间自此无忠实。
他为世人留下一部史诗，
最终拥抱大地，回归民众，
把道德理想的生命乳汁，
奉献给乡城消长的花花世界。
他的体魄瘦硬通神，
他吃的是草。

灞上自古辞别地，柳絮如蝶，
纷纷撞湿了送行与远行人的眼，
打工的乡亲、读者、文友、市民，
男女老少静静默哀，张望。
谁一声："老陈，你在哪儿呀？"
黑娃携小娥在狂奔。
香草扶白嘉轩，
鹿子霖、鹿三、朱先生、白灵、
白孝文、鹿兆鹏一瞬间复活了，
齐声叫魂：
"忠实，你回来！回来！回来！"

一只警觉的白鹿，
引来一群楚楚动人的白鹿，
漫山遍野如同波浪起伏的白鹿，
仙女般自由自在又忧伤地

游弋在金黄的原野上，
如诗，如画，如歌，如幻，如梦，
舞之蹈之。

历史的帷幕闭合、开启，
走马灯一样的世事，
那位满脸沟壑的
天地良心的作家在哪里？
时光说他去了远方。
秦岭说他在云深处。
突然，陈忠实登台亮相，
爽朗地说：
"我回来啦！"

《西安晚报》2017年4月29日

树欲静

俯视窗外
雨后的一片低矮的树林子
刺槐与女贞子
带刺的木鬼组成的树种
应该有灵魂
还有据说带毒的贞洁的女子
那老话儿说的红颜祸水么
树欲静
而风不止

不是风不止
是什么东西在撞动了一下
从浓荫内部轻轻鼓噪
一团又一团地撩拨枝叶
绿的波纹慢慢地均匀地洇开来
仿佛水墨乳汁触及饥饿的宣纸
于是整个的树林子颤动了

颤音簌簌地鸣唱或饮泣

一派古往今来的风骚

是那双柔软而坚硬的小小的趾爪

并没穿高跟鞋和船袜

如同一架飞行器在气流中跳跃滑翔

不经意或许早有网约的目的地

安全登陆于湿漉漉的枝丫上

祥和而欢悦地鸣叫了几声

每一片享受孤独与清冷的叶子

因诱惑的原子辐射

而惊醒了不得到辽西的春梦

树欲静

而风不止

不是风

是一只只小小小小鸟

以飞禽五颜六色的裙袂的骚动

穿梭招摇于属于植物的小树林中

跨越不同生命形态与语言的界限

抵达向往中的桃源或伊甸园

用尖尖巧巧的略微带勾的喙

与心形的小叶片喃喃耳语

小鸟辞枝飞离的那个时刻

树林子应该是知情的

只是无奈地招一招手送别

充其量捋住几缕纤弱的绒毛
无论如何挽留不住羽翼的天性
以至于什么时间再飞回来
宛若春燕归巢或大雁如期而还
树枝不知道翅膀的归期
是唐人李商隐的巴山夜雨涨秋池么
树欲静
而风不止

唯有在无休止的寂寥落寞中守候
甚至几近绝望地等待
曾几何时又仿佛昨夜星辰
小鸟飞出树林子
淹没于茫茫雨雾或宽阔的晴空中
消失在了缥缈的远方
没有了哪怕一丁点的蛛丝马迹
远方比远方更遥更远
扎了根的树命中注定寸步不移
固守养育自己的贫瘠故地与本心
直到老死或不幸遭遇砍伐
锯沫的血珠一滴滴一粒粒化作春泥
许被雷电抑或一苗小小火焰所点燃
壮烈而坦诚地化为一抹金黄的晚霞
没有恐惧抽搐与疼痛
然后升腾起一缕直上云霄的青色孤烟

据元人马致远说断肠人在天涯
便东西南北地去苦苦追寻
曾经栖息于怀抱中的亲情和温暖
树欲静
而风不止

树要静止
风却不停息地刮得它摇动
你记得下一句是什么
子欲养而亲不待
是说子女希望尽孝时
父母却已经亡故
好一个"风树之悲"的典故
悲催了几千年泪水仍未揩干
往而不可追者年也
去而不可得见者亲也
孔子门人辞归而养亲者十有三人
你是第多少人
你愿是风还是小鸟
是小鸟还是树
风与小鸟没有树弯曲的根须
紧紧抓住岿然的土地
树没有风的精灵和小鸟的羽翼
自由自在地流浪四方
俯视窗外

雨后的一片低矮的树林子
仍有一只只小鸟
以飞禽五颜六色的裙袂的骚动
穿梭招摇于属于植物的小树林中
眼底的树
记忆在泥土里蛰伏
现世在栉风沐雨晒太阳
也从不依靠与寻找
却洞穿了我昏花迷蒙的双眸
狂袭了我花甲之岁心肺的抖音
树欲静
而风不止

2018年7月16日

《西安日报》2019年1月22日

沁园春·黄堡书院

秦人村落,
唐朝瓷镇,
如许书香。
念白衣天使,
玉兰梧桐,
经年春秋,
花木依傍。
学者聚散,
陶片说史,
流连民间大典藏。
漆水边,
任风来雨去,
总是安详。

世事仅管苍茫,
拜耕读传家莫徜徉。
尊文王在上,

其命维新，
天地良心，
富庶一方。
四周田园，
农夫老矣，
红杏出墙小麦黄。
思故旧，
看乡土美景，
尚有指望。

2019 年芒种

第五辑 诗论

陕西诗歌答问

建国以来，陕西诗歌在全国诗歌界处于中上水平，它以不同年代不同诗人群落和不同的诗作，不可忽视地影响了中国新诗的流变历程。现在已进入中老年的诗人，一些隐于"不写之写"的状况。新锐诗人风光无限，写诗的正在写。有不少诗人"写之不写"，说白了是写等于不写。

尤其是它的潜流量是空前富足的。诗的存在方式，非同昔日。

继承与创造，其理解和实践是多元的。一些诗人所保持的正是另一些诗人所摒弃的。各说各话，方成百家。不存在诗的话语霸权，存有争夺欲望的人是徒劳的。别想叫谁买你账，你以为你是谁呀？

诗本身就滋生在生活与心灵之中。诗与生活，许是情人关系更贴切。

一些诗缺少的是有益于文明进程的文化立场，一些诗是无视尘世的空中楼阁，不说人话说鬼话。好诗往往在民间，在非诗的空间里。与受众隔离的诗的职业，已滑向劣势，濒临破产，接受最低生活线的社会救济。

新世纪的陕西诗坛，必定有属于当下社会天分的杰出诗人。墨守成规于既定诗歌立场的偏颇者不在此列，一切时髦也将成为过去。真正的诗的发现者，将受到诗神的宠幸。

和谷和他的诗

贾平凹

  他是渭北山野里长大的农民的儿子,割过草,牧过羊,也采过矿,也挖过煤。他很年轻,经历却不平常。他开始写诗的时候,写的是乡间的那种顺口溜,人都是真人,事都有出处。他不懂得诗,但他有生活,后来终于明白诗不是那么个作法,但根子却从此扎正了。

  他的诗虽然不是篇篇都好,而且有相当一些是粗糙的、肤浅的,然而他不赶时髦。艺术不是靠适应活命,而是靠征服存在,他深深懂得这一规律,默默地寻觅自己的艺术领地,默默地在自己的领地里打井。人格即是文格,他正是如此,诗如他的人一样,豪壮处有韵致,纤秀中显深沉。

  他是十分辛劳的人,这几年,读了大量的书,跑了很多地方。他最喜欢的三个方面的题材,一是故乡,二是林区,三是沙海。短短的几年来里,写了几部叙事长诗,也写了几百首抒情短章。他的体会是写诗要有真情。读他的诗感觉是新鲜的,活泼的,没有做作气,没有酸腐味,赤裸裸的是他,一个晚辈者的赤诚,一个年轻人的进取。

  他极有那么一股激情,但诗情却从不快之一泄,而是含蓄起来。对物,对景,全凭自己的感觉,化合为自己的情思。他反对声嘶力竭的标语口号诗,也不苟同堆砌含糊不清的意念。他的诗有着技巧,却使人感到了真挚。

他自称是个幼稚的学仔，总是羞愧自己写过的诗。他希望开出一朵花，或许并不富贵，也不娇艳，但却是有着自己香味的一朵美丽的花。

《陕西日报》1981 年

附　贾平凹

为和谷题静字（1982）

天下八十八张口，
一禾高原合抱粗。
当年开山铜川梁，
如今文雷半空吼。
但愿世上人纷乱，
稳坐书斋将静守。

和谷君九二南行（1992）

诤言千夫锐，

奇文一世雄。
南行游子吟,
北国猛志风。

一苇渡海

一苇渡海
十年归山谷,
原名蛮子也。
成名于长安,
四十岁果然南下。
今来见之,
其志未改,
容颜却老。
念友之取南火熔器,
盼再归北。
想十年之后,
西京拥炉,
谈天说地,
辉煌人生,
抚孙儿孙女,
畅叙今夜,
呼茶唤酒,

不亦乐乎。

人之一生，

此也足也。

平凹
一九九五年四月十九日
于海口龙舌坡午夜
题和谷

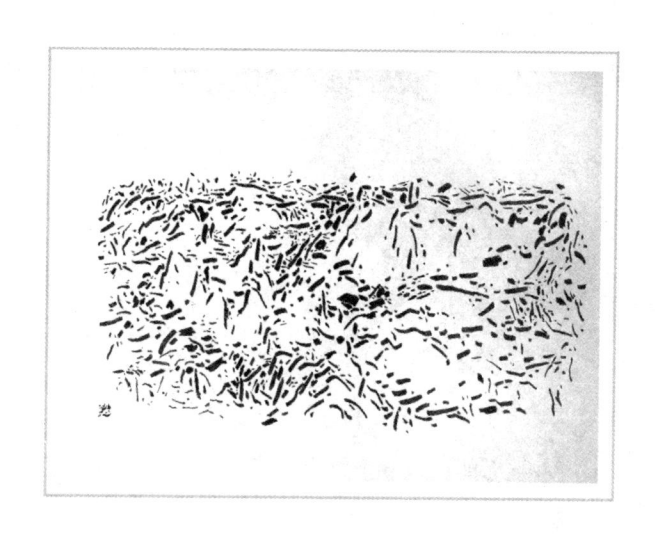

我扛着锄头走在故园的土路上（节选）
马平川

40年前，一名17岁的乡下少年怀揣梦想，进省城读大学，工作在长安城，又辗转海南岛，尔后又回到长安，转了一圈后，57岁的他却出人意料地提前办理退休手续，告老还乡，头顶白发回来了，回到生他养他的故土，过起了锄头与鼠标的现代耕读生活。

自由首先是写作者身心的自由，铅华洗尽见本真。"春天又来了，我扛着锄头走在故园的土路上，在苹果园耕耘。"（《锄头与鼠标》）"在老家土原上，栽种完几十行红苕，搀着老母亲荷锄回家。炊烟袅袅，鸡犬之声相闻，这是温暖的怀抱，我这四十年都跑到哪里去了？"（《红苕诗》）不饰雕琢，没有丝毫的矫虚与夸饰。在洋溢着阳光、土地和汗水的气息里，和谷用极尽质朴的文字，娓娓道来，意味深长，却至情至性。他把故土的一切与自己纯粹的个人经历、记忆和生命相联结，便获得了一种内心的自在和欢悦。

和谷走出书斋、归园田居，是肉体和精神的双重回归，是完全不同于一些作家的"纸上故乡"。由于缺乏身体的直接介入和心灵的沁润，这些作品往往流于纸上空谈。远离人间烟火，大豆、玉米、麦子成了文人的案头清供。作者站在城市的立交桥上，成了故乡的瞭望者。更为重要的是，在这些作品中，作家对乡村现实的描述显得空心虚假、贫乏苍白。和谷的写作姿态与这些作家有着本质区别。

作为一种文化乡愁，已注入和谷的血脉和骨髓，成为他生命的一部分。

《光明日报》2015 年 12 月 30 日

石羊进门——写给和谷君

刘成章

手持锄头看菜长,
闻君购得古石羊。
我当菜农君放牧,
时有牧笛耳畔响。
一日我如冬瓜睡,
忽觉谁人牵衣裳。
睁开惺忪老花眼,
石羊送来大文章。
过往纷纭多少事,
感君扶我情意长。
隔海望君君伏案,
风骨耀山著书忙。
此刻不敢多打扰,
忙请石羊品菜香。
还欲打开酒一瓶,
可惜羊儿没酒量。

这时候,

忽听彼岸一声唤,

柴烟一样亲切渭水一样长。

那石羊,

听声如同见君容,

顿如一片云彩飘飘飘过墙。

我望此物心在歌,

除非仙人谁能养?

2014年春于美国洛杉矶

本书插画　王薪